小学館文庫

蘭方姫医者書き留め帳一

十字の神逢太刀

小笠原 京

JN283540

小学館文庫

目次

花世《はなよ》、見参《げんざん》

一

早春の朝風が、登城《とじょう》の武士たちのざわめきを堀端の町々に運んでくる。江戸開府以来六十余年、一日も変わることなく江戸の町に拡がるこのざわめきは、世の泰平を称《たた》える歌声のようだ。

このところ急に春めいてきたゆえか、馬の蹄《ひづめ》の音も武士たちの喧《かしま》しい声も、和らいで聞こえる。

かすかに梅の香がただよってくる縁近くに、紅染の長崎藺筵《いむしろ》を敷いて、髪を梳《す》いていた花世《はなよ》は、ふと手を止めた。

「お時、急いでおくれ」

襖《ふすま》が開いて、三十路《みそじ》を過ぎたほどの女が入ってきた。

「またなにか、起こりましたか」

「蹄の音が近寄ってきます。五郎三郎《ごろさぶろう》を」

「相変わらずひいさまのお耳聡《みみざと》いこと」

お時は、花世から櫛を受け取ると、首を後ろにひねり、五郎どん、お呼びですよ、と言いながら、左手で鏡台の抽出《ひきだし》を開けて幅広の真っ白な元結《もっとい》を取り出す。

すぐに若い男が、敷居際に膝をついた。お時が、

「表の木戸を。お武家さまがおみえになるようだよ」と言って、「ほんにひいさまのおぐしは、いついらわせていただいても心地よいこと……」

目を細めて花世の髪を梳《くしけず》る。

「早くしておくれ。ほら、お馬がもう門前に……」

はいはいと返事を二つして、お時は手早く髪を束ね、幅広の元結を蝶の羽の形に結ぶ。

「柳庵《りゅうあん》というはここか。頼もうっ」

少年のような声がする。

「若いお武家さまが、女の児《こ》を抱いておいでです」

五郎三郎の取り次ぎを聞く前に、花世は立ち上がっていた。

玄関の式台前に、五つ六つの女の児を抱え上げた若い武家が突っ立っている。子どもは、ぐったりと目を閉じていた。

「柳庵は在宅か」

花世は式台に膝をつき、子どもの全身に目を配った。

「見たところに傷はありませぬが、気を失っております。打ち所が悪うございましたのでしょう。おあずかりいたします」

式台下にひかえていた、がっしりした体軀《たいく》の初老の男が、子どもを抱き取ろうと手を延ばした。

とたんに、若者の額に癇筋《かんすじ》が走った。

「その方、下人《げにん》ではないか。柳庵を呼べっ」

表から数人の従者が駈け入った。

「若殿、時刻が移りまするっ」

「わかっておるっ」

甲高《かんだか》い声で応じ、

「柳庵を呼べ。不在なれば一番近い外科を教えろっ」

「こちらが、柳庵花世どのにございます」

初老の男が、落ち着いて花世を目で示した。

「女ではないか」

若い武家が花世を見据えた。

「女でございますが、蘭方《らんぽう》外科術を学んでおります。お気に召さねばいず方《かた》の外科にもお越しくだされませ。ここからは山下御門際の了庵《りょうあん》さまが近うございますが、本日は式日《しきじつ》、お大名方のお行列で道筋が立て混んでおりましょう。山下町までの往き帰りにはかなりの時を要すると存じます」

臆せずに言う花世の言葉に、若い武家は、ぐっと唇を嚙み締めた。

登城口は、家格や役方によってあらかじめ定められている。虎の御門の通行切手をいただいていながら、今日だけ山下御門をというわけにはいかない。

従者たちの後ろに控えていた、年嵩《としかさ》の侍が進み出た。

「柳庵どのとやら、この女児に変事あっては、若殿自らお抱きなされて駆けつけられた甲斐がない、どうかお頼み申す」

頭を下げる。

すかさず式台下から、初老の男が両腕を差し延べた。

若い武家は、嚙み締めた唇の端をつりあげたが、黙って腕の中の子どもを男に突きつける。

そのまま挨拶もなしに背を向けた主《あるじ》を従者が取り囲んで、門の外に出て行く。

あとに残った年嵩の侍が、

「登城の刻限に遅るるは一の大事、拙者《せっしゃ》……」

名乗ろうとしたのを花世が押さえた。

「あとはこちらで。さ、早う――」

「忝《かたじけな》い」

ほっとした表情で、侍は一礼して走り去った。

男が、女児を表座敷の一部屋に敷いてあった蒲団に横たえる。

額と左頬に、かすった傷がある。花世は子どもの胸に耳を当てた。

「心の臓はしっかりと動いている。しばらく目覚めなくとも大事ないだろう」

まず手のひらを開く。左手の小指と肘《ひじ》に擦り傷があるが、大したことでもないようだ。首から両腕、肋《あばら》、腰、膝の節々に触れ、さらに五郎三郎に介助させて着物の袖を抜き、胸、腹と、慎重に診《み》てゆく。横を向かせ、背骨にも触れ、

「骨はどこも傷ついていないようだね。あのお武家は馬を急《せ》かせてきた。だが、馬の蹄にかけられたのなら、こんなことではすまない。なにかに驚いて気を失ったのだろう。後ろ向きに倒れて頭を打ったのだったらいけないが、擦り傷は左側にある。荒れた馬から逃げようとして足を滑らせ、横向きに転んだとみえる」

「お供先を切ったんでしょうかねえ」

お時が、心配そうに覗《のぞ》き込む。

「このあたりの子どもなら、お行列の供先切ったら無礼討ちされるかもしれないことくらい、教え込まれているよ。それにもしこの子が供先切ったのなら、あの若いお武家が自身抱きかかえて医者探しなどするはずがないだろう」

登城の刻限はお役方によって少しずつは違うが、おおむね明け六つから五つだから、その時刻の屋敷町からお城の御門への道筋は、供を従えた武士の列で、たいへんな混雑となる。

ことに今日のような、在府大名総出仕の式日は、町筋を引きも切らずに長い供揃《ともぞろえ》の行列が通るから、二頭《ふたかしら》の大名が辻で行き会った時など、よく面倒事が起こる。どの家も、先触れの侍を走らせなどして気をつけてはいるのだが、供の人数のやたら多い大大名の行列に行き会って時がかかると、ついその前を突っ切ったり行列を割ったりする、供先切りや供割れの騒動が生じる。

出仕の刻限に遅れれば解怠《けたい》として役を失う事態にもなりかねない。家臣は一触即発というほどに昂《たかぶ》っていて、刃傷沙汰《にんじょうざた》の末に、家断絶にいたることもめずらしくない。いま柳庵に駆け込んできた旗本の若殿も、町人の子一人の命が、三河《みかわ》以来の家の存続にかかわるかどうかの瀬戸際だったのだろう。

外をばたばた走る足音がして、庭に通じる木戸が押し開けられ、玄関先にいた初老の男が、若い女を押し立てるようにして入ってきた。

「その子のおっかさんで」

「早かったねえ」

花世が言いながら娘の頬を何度か軽くたたいた。

ううん、というような小さい声をあげて、女の児はうっすら目を開けた。

おろおろしている母親を、男が庭から縁に押し上げる。

「おかよっ」

座敷に這《は》い上がった女が、子どもの身体《からだ》にすがりついた。子どもは目は開けたが、顎《あご》を上げてぼんやり天井を見ている。

「お武家さまの馬が荒れたあおりで、転んで気を失ったようだけれど、怪我はないから心配ありませんよ。ただ今日いっぱい、せめて半日くらいは動かさずに様子を見たほうがいいから、おっかさまがそばについていておやりなさい」

花世とおなじほどの年齢《とし》格好の母親は、ありがとうございます、と手をついて言うのが精一杯のようである。

五郎三郎が薬湯《やくとう》の入った茶碗を、花世に手渡した。花世は湯気の香を嗅ぎ、掌《てのひら》に少したらして嘗《な》めてみて、

「おっかさまのお顔を見たらすぐに元気を取り戻すだろうから、この薬湯を飲ませなさい。甘いから喜んで飲みますよ。飲ませるときはむせないように身体を少し起こしてもよいけれど、あとはじっと辛抱《しんぼう》させて寝かせておくのですよ」

母親は、もう一度、ありがとうございます、と畳に頭を擦りつけた。

二

奥の居間に戻った花世の前に、お時が朝粥《あさがゆ》の盆を運んで丸い卓においた。

「なにが起こりましても、朝の御膳は召し上がらねばなりません」

紫檀《したん》の箸を取り上げ、花世の手に渡そうとする。

「六つの歳《とし》から毎朝言われているよ」

花世は笑いながら箸を受け取り、すぐあとからひいさま、と声をかけて入ってきた初老の男に、

「おまえ、どこであの子のおっかさんに出会ったのだえ」と尋ねた。

「山下御門に近いところだったら了庵さまを教えられたはずだ、柳庵へと言われたのだからと、虎の御門の方向に走ったら、すぐそこで」

おかよを見知っていた人から知らされたと、駈けてきたのだという。

虎の御門前の太兵衛町の辻で、若い武家の馬が突然棒立ちになり、横にそれて町屋《まちや》に向かった。口取りの徒士《かち》があわてて轡《くつわ》を引き絞ったが、軒先に立っていた女の児があおりを食ってひっくり返ったのだそうだ。

元服して、お役についたばかりの旗本の若君とみえたが、登城にあたっての失態が目付の耳に入れば、馬術不鍛錬の咎《とが》めを受ける。自ら抱きかかえて馬を飛ばし、医師を尋ねまわったのは、おそらく少しでも咎を軽くしようとの家臣の知恵だろう。

「なんでまた急に、お馬が荒れたのだろうね」

「天から金色に光るものが降ってきたので、馬が驚いて棒立ちになったそうで」と男が言う。

「それはまた妙な。それにしても、あんなちいさい女の児がご登城で混雑する時刻に一人で出歩くなんて、母親はなにをしていたのだろうねえ」

お時が首をひねったが、花世は、

「無駄口を利いている暇はないよ、もう何人もお客がお待ちだ。その前にあの児の様子も診てやらねばならない」

立ち上がろうとするのをお時が制して、

「ひいさま、お茶を。親が……」

「……死んでも食休み。この家に移ってから、食事のたびに聞いているよ」

五郎三郎が持って入ってきた色絵の茶碗を掌にして笑った。

茶を喫し終えるとすぐに、女の児を寝かせてある表の間に入った。

「元気よさそうで、よかったこと。もうちょっと辛抱して寝ているのですよ」

母親と子ども双方に話しかけて、おや、と声をあげた。

「おっかさま、首筋に傷がありますね」

頭を下げた母親の左の後ろ首に、二寸ほどの切り傷の痕がついている。

母親は、あわてて首筋に手をあてた。

「浅い傷だから痛くはなかったでしょうが、どうしたのです」

「あの、初午《はつうま》に、実家《さと》の近くのお屋敷の稲荷《いなり》の祭りに伺いまして……」

午《ひる》ごろにお屋敷から戻ったが、実家のこととてつい話し込み、暮れぐれに子どもの手を引いて帰って来る途中、向こうから人が来たので端に寄った。その時首筋がすいとしたような感じがしたが、堀端の柳の枝がさわったのだろうと思って、それきり忘れていましたと、ぼつぼつと話す。

江戸は、伊勢《いせ》屋稲荷になんとやらといわれるほど稲荷が多い。敷地内に小祠《しょうし》がある武家屋敷も多く、大名旗本の中には、初午に近隣の町人の子どもたちを庭内に招き入れ、小豆飯《あずきめし》や饅頭《まんじゅう》を振る舞って遊ばせることがある。

「お饅頭、もらったのかえ」

花世が尋ねた。女の児は大きくこっくりして、ちかちかの飴《あめ》ももらった、と右の掌を開いてみせた。

初午の振る舞い菓子は、饅頭がきまりのようになっている。麩焼《ふやき》や揚げ菓子の家もあるが、ちかちかの飴というのはめずらしい。

「よかったねえ。甘かっただろうね」

女の児はうなずいて、唇をなめた。

「ちかちかの飴とずっと言っております、いったいなんでございましょう」

母親が心配そうに尋ねる。

「こんへいと、という白砂糖を固めた南蛮菓子でしょうね。星のような角がありますが、ちかちかの飴というのは、子どもらしい言い方ですねえ」

母親が、ぽかんと口を開けた。

「白砂糖の南蛮菓子……」

「おっかさんの言うことを聞いて今日一日おとなにしていたら、あしたご褒美にあげようね。楽しみにしておいで」

にこっとした女の児の顔を見ながら、花世が全身にゆっくりと触れてゆく。どこに触れても痛がる様子はない。

「大丈夫のようですね。連れてお帰りなさい。さっきの甘い薬湯を出します、帰ったら煎《せん》じて飲ませて下さい。念のため、あしたも連れて来て下さいよ」

おかよちゃん、お家はどこ、と尋ねた。

母親はあっと声をあげた。

「申しわけもございません。動転して名乗りもいたさず……」

気にすることはありませんよと笑って、花世は座を立った。

三年前、虎の御門に近いこの備前《びぜん》町に、町屋二軒分を買い取って、奥と表の区別のある武家ふうの家を建て、蘭方外科医柳庵を開いた。

二百坪ばかりの敷地だが、築山《つきやま》や池のある庭などは設けていないから、建物は三百石の旗本屋敷ほどの広さがある。

玄関の式台につづく座敷で患者に薬を渡すのは、どこの町医者も同じだが、武家なら取次の間にあたる玄関脇の部屋を、花世がお客と呼ぶ患者の待合にして、客座敷で治療している。

表書院は、三方に天井までの書棚を作りつけた花世の書斎になった。障子《しょうじ》際にまで書物が積み上げられているので、昼でも薄暗い。羊の皮を張った、阿蘭陀《おらんだ》文字の分厚い書物もある。

武家なら、主人が非番の時に過ごす溜《たまり》の間や、表方の居間にあたる座敷は、運び込まれたまま動かせない怪我人のために、常に蒲団が敷かれている。納戸《なんど》はことに広く取って、蘭方の外科道具や薬戸棚をぎっしりと納めたが、それでも入り切れず、裏庭に蔵造りの平屋の建物を一棟建てた。

花世は、前《さき》の長崎奉行黒川与兵衛正直《まさなお》の娘として、長崎で生まれ育っている。

与兵衛はその半年ほど前に妻を亡くし、後添いをの側室をのと、一門の親戚がやかましく言っていたが、その暇もなく長崎に赴くことになった。

奉行はじめ長崎勤務の侍は、妻子を江戸において赴任するから、だれもが丸山の廓《くるわ》に通う。与兵衛は、花垣《はながき》という太夫《たゆう》と馴染《なじ》んでいたが、女の子が生まれるとすぐに引き取って花世と名づけ、夫を失って里に戻っていた大店《おおだな》の娘を乳母に雇い、たいそう慈しんで育てた。丸山の廓には、目の色や髪の色の違う子どもがいくらもいる。そんな子らは、たとえ太夫の腹に生まれても、遠いじゃがたらとやらに追放されるのだと、乳母から聞かされた。

花垣は、花世を産んだのちも太夫職を張っていたが、足の裏の踏み抜きの傷がもとで破傷風《はしょうふう》で死ぬ。姿かたちの記憶さえない母だが、手当が早ければ死なずにすんだと、常に乳母が言っていたのが幼心から離れなかった。

花垣の死後、与兵衛は、阿蘭陀商館付きの外科医に学ぶことを熱望して長崎にやってくる日本人外科医に、免許状を与える制度を作った。免許状を受けた医師は、はるか奥州はじめ日本諸国に根を下ろし、その恩恵ははかりしれないと言われている。

長崎奉行は一年ごとに江戸勤務となるが、与兵衛は江戸在勤中に病を得て、十数年を勤めた奉行職を免じられた。だが母親のこともあってか、幼いころから阿蘭陀外科医術に心を寄せていた花世は長崎に残り、出島商館医ダニエル・ブシュに足掛け三年師事した。出島は、表向き遊女以外の女の出入りを禁じていたから、花世は裾短かに袴《はかま》をつけ、髪も、前髪《さかやき》を残して頭の真ん中を剃る若衆髷《わかしゅわげ》に結って商館に通った。

お時は、男子の月代のように花世の頭頂の髪を剃るとき、いつも涙をこらえていたようだった。髪なんかいくらだって生えてくるじゃないか、蘭方を学ぶ機はいましかない、と花世は思っていたものである。

父親の身体が弱ったからと江戸に呼ばれた花世がまず驚いたのは、将軍さま膝元の権威を誇る江戸町奉行所の構えが、長崎奉行所の三分の二ほどしかなかったことだった。

長崎奉行はだいたい家禄《かろく》千石の目付から任じられ、長崎でお役料四千四百俵が加えられて、実収五千石を越すことになる。幕閣でも最高の禄といっていい。与兵衛も前職は目付だが、家禄五百石から抜擢されたので、一挙に十倍もの禄を受けることになったのだ。

長崎奉行は、一朝事あるときは上様の御裁可なしに、西国中の大名に出兵を命じる権限を持っている。長崎奉行という役職は、事実上の西国の支配者だったのだ。

長崎の町は、南蛮人（葡萄牙《ぽるとがる》や西班牙《すぺいん》）紅毛人（阿蘭陀）や唐人が、ごく当たり前に往き来し、出島の湊《みなと》には、赤や緑の三角や細長の旗をひらめかした異国の帆船が、常に停泊している。

道筋は、紅、緑、黄、橙と、あざやかな彩りに満ちていた。

唐寺の朱《あか》い山門、南国の陽光を受け色々に輝くぎやまんの窓のある尖った高い屋根の南蛮寺、唐人の住職が作った丸石積みの橋桁のある橋――。

出島に荷揚げされる異国の産物は、真綿や絹糸をはじめ、綸子《りんず》、縮緬《ちりめん》、羅紗《らしや》、天鵞《びろー》絨《ど》、緞子《どんす》、羽二重《はぶたえ》などの美麗な布、牛、山羊、鹿などの皮や、砂糖、胡椒《こしよう》、肉桂《につけい》、支那茶などの嗜好品や調味料、水牛の角、象牙、犀角《さいかく》、ミイラ、人魚の牙、象の胆《きも》、椰子油《やしあぶら》、丹砂《たんしゃ》などの珍薬、葡萄牙語で書かれた人体解剖図、本草書などの医書、それに、孔雀や鸚鵡《おうむ》、いんこなどの生き物まで、実に多種多様だった。

これらの品々は、幕府の手を通った後に大商人に捌《さば》かれるが、将軍家はじめ老中大目付など、幕府の顕官の望みで運ばれてくる品も多い。だが阿蘭陀商人は、幕閣からも、しっかりと金を取って儲けていた。

しかし、奉行所には、こういう珍物が常に献上される。それらの品を相場の値で売って、莫大な利を得るのが長崎奉行の役得とされていたが、与兵衛は、決してそれをしなかった。それでも花世やお時にとって、ぎやまんや銅《あかがね》の日用具は珍しいものでもなかったし、江戸では大町人さえなかなか口に入らないという白砂糖は、支那茶などに入れるため、常に卓上にあった。

花世は、江戸では時の名医中山三柳《さんりゅう》について内科を学んで、父与兵衛が没したのを機に、お時と吉蔵を伴って和泉殿橋の屋敷を出て、三柳の許しを得て柳庵と称し、蘭方外科医を開いた。

黒川家は与兵衛が長崎に赴任する前にもうけた一子があって、家職《かしょく》の目付五百石を継いだが、五千石の息女として、異国の文物風習に馴染んで育った花世には、溺愛された父のいない江戸屋敷の、質素な暮らしは馴染みにくかった。それも、医家として一人立ちした理由だったかもしれない。

柳庵は、金創《きんそう》、つまり刀による創《きず》は扱わない。女だからというわけではない。金創医は、外科とは別なのだ。武士が抜刀して争い、腕を切り落とされたり、顔半分がごっそりとそぎ落とされているような怪我人は、よほど根性が据っていなければ扱えない。金創医は、腕よりも肝《きも》といわれるのも、もっともなのだ。

打ち身や単純な骨折の後の養生などは五郎三郎にまかせるが、初めての患者は、かならず花世が自身で診る。しかし、蘭方医は切支丹《きりしたん》だと恐れている町人が多いから、あちこちの外科にかかってはかばかしくなく、思い切ってやってくる患者が大方なので、こじらせてしまっているため、阿蘭陀処方の膏薬《こうやく》を用いてもすぐには治らないのが泣き所である。

最初のお客は、半年も前から足の筋が痛んで、もう三軒の医者をまわって膏薬をもらったが、一向に痛みが引かないという初老の男だった。

「お薬を出しますが、すぐには治りませんよ、しばらく我慢してください」

花世がいつも通りのことを言う。

筋の痛みは年齢からくるものなので、完全に治るということはないが、有効な膏薬を貼れば、かなり薄れるはずである。柳庵の貼り薬は、たいそうよく効くという評判なのだ。

「美濃《みの》さまのお薬を」

五郎三郎が、膏薬の壺を取り出し、木綿布に塗り始めた。

出島蘭方の祖ともいうべきシャンムペルゲルの貼り薬で、老中稲葉美濃守が長年悩まされていた筋痛が快癒したという処方を、柳庵では、美濃さまのお薬と呼んでいる。ロウリイニ、カリヨヒリロウルン、ホッス、カモメリなどの油を合わせて練った膏薬で、つついの実、丁字《ちょうじ》、狐、野菊など、さいわいなことにどれも日本で手に入るものばかりなので、柳庵では常備している。

腿にできた腫れ物が痛くてならないという次の中年の女客も、はじめてなので花世が診た。

腫れ物は、蘭方では、熱、寒燥、風気、湿痰《しったん》性と分けられるが、この客は痛みがひどく、発赤《ほっせき》している熱性である。できた場所が場所なので、なかなか医者に診てもらいにくかったのだろう、体中に悪い熱がまわりかけている。

花世は熱の腫れ物の薬を、と五郎三郎に言いつけた。

「お薬をつけていると、腫れが引いてくるか、膿《うみ》が顔を出すかしてきます。その時にまた、処方します。安心して、日に二回、お薬を貼り替えてください」

この腫れ物の貼り薬は、ヨロサアト、ヒヨウラス、ソレトロン、ロウリイニの四種を混合したもので、野いばら、駒引草《こまひきぐさ》の花、小茄子《こなす》の実、大たぶの木、これもすべて日本で手に入る。念のため、熱を下げ、力をつける煎薬《せんやく》も出した。

一人一人ゆっくりと話を聞き、懇切に診断した上で状態を説明するので、花世が奥の居間に戻るのはいつも八つに近い。

猫の足そっくりの脚が四本ついた丸い卓の前に、陶製の南蛮人形が座して待っている。

お時の給仕で小昼《こびる》を摂《と》っていると、お文《ふみ》が届きましたと、小女《こおんな》の菊の声がした。お時が受け取って花世に手渡す。

封を開いた花世の顔が、ぱっと明るくなった。

「お師匠さまが、江戸にお入りになった。愛宕下《あたごした》の青松寺にお泊まりだそうな」

まあ、さようでございますか、ならばお支度を急がねば、とお時も声を弾ませる。

ひいさま、と声をかけ、吉蔵が入ってきた。武家は奥表の別がきびしく、男は奥には入らないが、柳庵では吉蔵は自由に出入りしている。

「紋所でお気付きとは思いますが、今朝のお武家さまは、勘定頭妻木さまの……」

花世がさえぎった。

「あの妻木さまのお身内とは限らないだろう。お旗本だから、ご一門でなくとも同じ家紋もある」

吉蔵は、いえ、と首を振った。

「前の長崎奉行妻木彦右衛門さまご嫡男《ちゃくなん》に間違いありません。この正月にご元服、格別の思《おぼ》し召しをもって五百石にて御小姓衆に召し出されました由」

「……五百石――」

花世がつぶやいた。

十五年余を勤めた長崎奉行を罷免《ひめん》された父黒川与兵衛は、前職の目付の家禄五百石に戻った。同役だった妻木彦右衛門は、三千石高の勘定頭となってわずか二年で帰府している。家禄と合わせれば四千石、かつての同役はいまははるか遠い、幕閣の一員である。

旗本の家でお役につけるのは一家で一人だけ、嫡男とても父親が逝去するか隠居するまでは、部屋住みの身分である。役付の家の嫡男は元服後小姓組にお召し出しがあるが、大方は二、三百石、五百石は破格である。

「あの供頭《ともがしら》は、なかなかに心利くお方のようだったから、下城《げじょう》までの供待ちの間に、こちらのことも調べをつけるだろう。でも、わたしたちは、お客の回復だけを考えればいいのだよ」

いつも通りのことを言う。吉蔵は、黙って頭を下げた。

三

遅い春の日も、七つを過ぎてようやく光が薄くなったころ、花世は屋敷を出て、真向かいの秋月《あきづき》さまお屋敷の角を南に、お役付の大旗本や大名の屋敷が立ち並ぶ道を愛宕山下へ向かった。

梅染の無文の小袖に山鳩《やまばと》色の袴を着け、太刀は帯びず短い脇差だけ差し、搗《かち》色の頭巾で顔を裹《つつ》んでいるから、旗本の若い部屋住みか、小大名の小姓の忍びの外出《そとで》の姿にみえる。中間《ちゅうげん》姿の吉蔵が後ろから従っている。

愛宕下から芝増上寺にかけては、小大名の屋敷地よりも広い境内《けいだい》地を持つ、由緒ある寺々が並んでいる。その上に、八十六段という江戸一の高さの石段の愛宕さまがあって、溜池《ためいけ》の向こうには山王さまもあり、このあたりは江戸名所の一つである。

江戸一高い愛宕山は、石段にしろ切通しにしろ、足弱には登るのは難儀だが、それだけに頂上からの見晴しはまさに絶景で、江戸きっての眺めと言われている。

禅宗の名刹《めいさつ》青松寺は、その愛宕山の切通しの脇にあった。花世が門前に立った時、ちょうど暮れ六つが鳴り始めた。山門を閉じようとしている番僧に声をかけると、境内の坊舎の一つに案内した。

総髪の男が台所の床に座り込んで、大きな椀に顔を突っ込んでいる。

「お師匠さま、お久しうございます」

花世が声をかける。

男は「おう」と大声で応じ、椀から顔も上げずに、

「隼《はやぶさ》の、変わりなくてなによりじゃ」と言う。

「田能村《たのむら》さま、どうかその隼はご勘弁を――」

閉口だという口ぶりで答える吉蔵に、

「なに、遠慮することはない。おぬしを隼のと呼ぶ連中は、この江戸にも何人もいると聞いているぞ」

城右衛門の言葉に吉蔵は、どうもはや、と後ろ首に手をやった。

案内した僧が、こちらではなんでござります、と言う。男はやっと髭《ひげ》むしゃの顔を上げ、

「ここの味噌汁は、滅法《めっぽう》うまいぞ。この台所で煮え立てを鍋から椀に注いでもらってすするのがたまらぬ。腹一杯飲んだら行こうほどに、お前さんたちは奥で茶を飲んで待て」

わが家にいるように言う。花世はほほえんで会釈し、僧について奥に向かった。

小坊主がすぐに茶を運んできた。

ゆっくりと茶を喫していると、

「いやいや、思いがけぬ口果報じゃ」

ごしごしと顎ひげをこすりながら、男が入ってきた。

「お師匠さまには恙《つつが》なく……」

花世が座を滑って、手をつかえる。

「堅苦しい挨拶は抜きじゃ。恙あったところでお前さんのいる江戸じゃ、気安い気安い」

どっと座して、

「吉蔵はどうした」とみまわす。

「台所に控えておりますが……」

「なにを言う、常に座敷へ出入りしている男ではないか、これへ呼べ、これへ」

半分からあとは、燭台を持って入ってきた小僧に向かって言った。

じきに吉蔵が敷居際に顔を見せ、手をつかえた。

「頭《かしら》、姫医者柳庵どのの評判はどうじゃ」

「たいそうなものでございます。が、田能村さま、隼もなんでございますが、頭はもっといけませぬ」

「そうかそうか、なれば隼で手を打て」

どうで田能村さまにはかないませぬ、と吉蔵は苦笑いする。

「青松寺さまとはどのような……」

花世の問いに、

「可睡斎《かすいさい》の和尚《おしよう》に江戸に下《くだ》るといったら、この寺の和尚への添状を寄越した。なにせ可睡斎といえば大御所の命の恩人の寺じゃからな、江戸へ向かうにこれほど確かな請負い人はめったにあるまい。じゃによって、ここの待遇はたいそうよいぞ。ゆるりと逗留するつもりじゃ」

遠江《とおとうみ》袋井の可睡斎は、室町将軍時代から高い格式を誇る禅宗の大寺である。おまけに今川の人質になっていた幼少の東照神君家康を助け出したとて、将軍家から十万石の礼をもって遇されている。その可睡斎の添状なら、たしかにたいそうなものだろう。

「掛川の住み心地はいかがでござりました」

「悪うはなかったぞ。なにかとあって、三、四年おきに城主が代わった国ゆえ、領民の心も落ち着かなかったようじゃが、いまの殿になってからようやっと固まった」

東海道の大井天龍両大河の真ん中に位置する遠江掛川は、三万五千石だが、信濃《しなの》にも通じる要衝の地であるため、国主には代々譜代大名が封じられてきた。が、どんなわけがあるのか、関ヶ原以来七、八家も代わっている。いまの殿は、たしか井伊直好《いいなおよし》公である。

「掛川でもずっと殿さまにご指南を……」

「それよりほか飯の種がないからのう」

田能村城右衛門、武蔵《むさし》国府中大国魂《おおくにたま》の社の禰宜《ねぎ》の家に生まれながら、小野派一刀流の剣客として天下を渡り歩いている男である。このところ二、三年、遠江掛川に居ついていた。花世は縁あって長崎で城右衛門に中条流《ちゅうじょう》の小太刀を学んだ。お師匠さまと呼ぶ所以《ゆえん》である。

「五年振りの江戸は、いかがでございます」

花世が尋ねる。

「この前は、長崎からおまえさんを送っての長旅挙句《あげく》でつい居着いたが、あれからもう五年も経ったかの」

花世が長崎に残りたいと言い出したとき、城右衛門が、わしが居るからには心安んじてよいぞと言ってくれたのだ。

「いや、江戸というは、さすがたいしたものじゃ。あの大火からわずか十年で、ここまでの繁栄を築き上げるとはのう」

あの大火とは、明暦三年（一六五七）正月の振袖火事のこと、本郷から発した火が江戸城を突っ切って深川まで燃え拡がり、八百町余が焦土と化し、死者十万二千百余人にのぼったと言われる。公方さまは江戸をお見捨てになるという噂まで広まった。

ところが城右衛門のいう通り、わずかの間に江戸は、以前にも増して大いなる都に再生されたのだ。建物や橋、道路は大火以前よりも便利に整備され、町民の食べ物や着類《きるい》はめっきりとぜいたくになり、暮らし全体が豊かになった。版木を彫って作られる書物の数も、いまや上方をはるかに上回っているそうな。

そのめざましい復興は、幕府が大火直後から次々と迅速に有効な対策を打ち出したことに拠る。

第一に米価の騰貴に厳重に目配りし、諸職の手間賃の同業者間の談合を禁じて公定とした。市民が勝手に仮家を建て家具調度を調えることをも禁じている。大名から将軍家への献上物は減じられ、旗本に倹約令を発する一方で援助金を下賜し、町人にも銀一万貫を下賜した……。

その五年後、長崎でも、乱心者の付け火から市内六十六町のうち六十三町を焼き尽くすという大火が起こった。

奉行所も焼失し、花世はお時といっしょに、焼け残った乳母の里に逃れたが、長崎の復興も、これまたきわめて迅速だった。奉行黒川与兵衛が、明暦大火の時、たまたま江戸勤務の年にあたっていたため、目の当りにした幕府の対策に学んで、復興の采配をふるったからといわれている。

五年ぶりの対面にあれこれつい話がはずみ、ふと気づくと、時刻は五つをまわっていた。

「久方振りにご指南いただけるのを楽しみにいたしてまいりましたが……」

城右衛門は、呵々《かか》と大笑して、

「そのいでたちじゃ、そんなことと思っておった。が、ここは寺じゃぞ。しかも夜中《やちゅう》じゃ、御仏のおわす前で、日が落ちてからやっとうもなるまいが。なに、しばらくは江戸で羽を延ばす。焦るな」

わかりました、それでは明日、ぜひに柳庵にお越しいただきますよう、と花世は青松寺を辞した。

四

淡々《あわあわ》とした月影を楽しむように、お役付きの旗本屋敷の間をゆっくりと歩む。

吉蔵が立ち止まった。

「妻木さまのお屋敷でございます」

門は、左右に番小屋のある両番造り、白い海鼠塀《なまこべい》に載せた瓦屋根が月光にぬれぬれと光る。家臣の住居で塀を形作る長屋塀でないので、大名屋敷ではないと知れるが、屋敷地は二千坪はあるだろう。嫡男が小姓組に取り立てられたため、敷地内に別棟の屋敷を建てたのか、塀続きにいまひとつ門が設けられている。

「勘定頭のお屋敷というのは、こんなに立派なのだねえ」

花世がつぶやくように言う。

「勘定頭のお役宅は、お城御門内にあります。こちらにはご嫡男がお住まいのようで」

和泉殿橋の際にある、家禄五百石の花世の父黒川与兵衛の屋敷地は七百坪で、塀もただの板塀である。部屋住みの跡継ぎもいるのに、奉公人は、用人、侍、若党、中間に門番、飯炊男に奥向きの女たちまで入れても十数人である。花世が長崎から吉蔵とお時を伴ってきたので、奥表とも少しは楽になったようだが、長崎では、花世付きの女だけでも、老女とお時のほかに身の回りの世話をする五、六人の女中が常にいて、お末やお端女《はした》を含めると奥の女だけで江戸屋敷の奉公人より多いという姫暮らしをしていたから、はじめは戸惑うことばかりだった。

妻木屋敷の門前でしばらく十三夜の月を見上げていた花世が、行くよと吉蔵に声をかけた。

辻の向こうに、町屋が見えてきた。

虎の御門から御成橋にかけての町筋には、表通りにも大店といわれるような商家はない。米炭、八百屋肴棚《さかなだな》に菓子屋など、日々の暮らしに欠かせない小商いばかりなので、夜は早くに見世《みせ》を閉ざし、この時刻にはまるで人が通らない。

急に、吉蔵が足を止めた。

「――いやなものを見ちまいました」

吐息をつきながら言う。

「いま通って行った二人連れかえ」

辻の向こうの町屋の前を、もつれるようにして通り過ぎた人影が、月明かりにちらりと見えたのだ。

「ひいさまは、ここからまっすぐ柳庵にお戻り下さい」

「おまえは、あの二人連れをつけるというのかえ。でも、このあたり、押し込み甲斐があるようなお店《たな》があるとも思えないがねえ」

吉蔵は、大きく首を振った。

「いま通った野郎は、押し込みなんてまともなことはせずに、わずか一朱二朱で人を殺そうっていう奴です」

一朱といえば一両の十六分の一、少し飲み過ごしたら消える金である。それっぱかりのために、命を取るというのか。

「おまえは、そういう手合いをすぐ見分けてしまうからねえ」

花世がため息まじりに言った。

「やつが数寄屋町あたりまで行くと、ちょうど月が入る。悪知恵も並み以上だ」

吉蔵が吐き出すように言う。

柳庵のある備前町を東に二町ほど行けば、日比谷町数寄屋町尾張町と、江戸きっての大商人や諸職が軒を連ねる町々になる。

「だけれど、おまえがひとりであとをつけたら、気づかれるかもしれない。わたしの供をしている体《てい》のほうが、いいのじゃないか」

　言っているうちに辻に出た。

　十間ほど前を二人連れがよたよた歩いている。酔った男を、いま一人が介抱しながら歩いて行く体だから、行き違う者があっても見咎《みとが》めはすまい。

「一人はお店者《たなもの》のようだね」

「頰《ほ》っ被《かぶ》りの男が、お店者を抱えるふりで刃物を腹に突きつけています」

　備前町の柳庵の前を通りすぎる。

「奉公先の店に着いたら、どう出るのかえ」

「いま戻ったと声をかければ、夜中ゆえ店のものが臆病口から覗きますが、店の者の顔が見えるから、疑いもなしに潜りを開けます。そこを刃物で脅して金を出させ、とどのつまりは質にしていた男を刺し殺して逃げる算段でしょう」

　花世は、息を引いた。

「……そんなら、やっとの思いでお店に帰り着いたところで、命を奪われるというのかえ」

「顔を見られているから、おそらく殺しましょう」

「ならば、お店につく前に手をうたねば……」

逼迫《ひっぱく》したささやき声で言う。

「いえ、ひいさま、あやつはお店者を抱え、刃物を持った手を懐に突っ込んでます。うかつには近寄れません」

刃物を外から脇腹に突きつけているなら、体当たりして引き離すことは花世にもできる。

だが男は、脅しではなく、わが身が危うくなったらお店者の腹を刺すために、じかに腹に刃を当てているというのだ。刺された者が出れば、そっちに気を取られ、追うのは二の次になる。

「この先の幸町は、辻番所がある。隙をみて突き出して番所にまかせたらどうだろう」

「脅されているほうはおそろしくて口が利けないから、悪酔いしているので送ってやるのだと言えばそれまでです。もしも番士があやしんだら、逃げざまに刺します」

そんなら、下手をすると番所前を通ったところで町人の命は失われるかもしれない。

灯りのもとに立っている番士の姿が見えた。

「めずらしい、番士が二人いる。幸橋御門のたもとだからだろうかね」

ほんとうはめずらしいでは通らないはずだ。辻番所は、夜は四人が詰めて不寝番《ふしんばん》をすることになっているのだが、めったに守られていない。一人でもいればいいほうで、日が落ちたら戸を閉ざしている番所さえある始末である。

「あれこれ考える余裕がなくなってきた」

花世は、行くよ、と吉蔵に声を掛けた。

「お時にはないしょだよ」と付け加える。

「ひいさま、田能村さまのお教えをお忘れなく」

花世は、わかっているよと答えて、二人連れとの間合いを詰めた。

抱えられている男は、手代《てだい》になったばかりという年格好である。おそろしさのあまりか、足がもつれてよく運ばない。それでよけいに、酔っているように見える。

感心に戸口に立って、外を見まわしている番士のほかに、いま一人が、上がり框《がまち》に腰を下ろして茶を飲んでいる。

立っている番士の目が、二人連れとすぐその後ろを行く花世たちに向けられた。

さすがに悪《わる》が、番士の視線に気を取られた。

その一瞬を、花世はのがさなかった。

男の脇にひたと体を寄せ、お店者を抱えている右腕を強く引いた。

「あっ」

男の身体がぐらりと傾いた。お店者の懐から引き出された右手に、抜き身の刃物が握られている。その刃先が、お店者の胸先をさっと切り裂く。

すかさず吉蔵がお店者に飛びついた。横抱きにしてともに地面に倒れ込む。

花世は脇差を抜いて瞬時に峰を返し、向き直ってきた男の右肩を強くたたく。男はたまらず、ばらりと匕口《あいくち》を取り落とした。

戸口にいた番士が男に飛びかかって取りひしぐ。

「なにごとだっ」

内にいた番士が茶碗を放り投げ、大声を上げて駆け出た。

「その男が、これなるものを刃物で脅しながら歩いておりました」

男が落とした刃物を拾って、花世が答える。

若衆とばかり思っていたらしい番士は、ぎょっとしたようだったが、吉蔵が抱きかかえている男がぐったりしているのをみて、内へと促す。

吉蔵がお店者を番所の畳敷に横たえた。

その間に、番士が二人がかりで男を縛り上げている。

花世はお店者の胸をかきひろげた。

肌の様子を診る。さいわい刃先が着物で止まっていたようで、傷はない。長い間刃物を突きつけられていた恐怖の上に、突如胸先を切り裂かれて、気を失ってしまったようだ。

花世は男の着衣を直して、

「備前町の外科医柳庵と申します。急な病人を見舞っての戻り、先を行く二人連れの様子が妙なので、ちょっと当ってみました。驚愕から気を失っておりますが、ほっておいてもじきに覚めましょう。あとはおまかせ申します」

身分を告げる。番士は、聞き知っていたらしく、

「蘭方の柳庵どのでしたか」

あらためて花世を見る。

「供のものを残します、なにかご不審がおありでしたら、お尋ねください」

頼んだよと吉蔵を振り返り、さっさと番所をあとにした。

柳庵に戻ると、迎え出たお時が、田能村さまはご機嫌よういらっしゃいましたか、と尋ねる。相変わらずのご壮健だったよ、あすは柳庵へお見え下さる、と答えて居間に入る。

花世が脱ぎ捨てた袴を畳んでいたお時が、

「だいぶごゆっくりでございましたが、田能村さまに稽古をおつけいただいておいででしたか」と訊《き》いた。

「お寺さまで、そのようなことはできぬとおっしゃった」

「さようでございましょうねえ」

お時は意味あり気にうなずいたが、

「お稽古をなすったわけでもないのに、お袴の脇が少々ほころびております、どういうわけでございましょうね」

「なにかにひっかけたのだろう、覚えはないけれど」

「ところで、吉蔵どんが姿を見せません、なにがございましたので」

お時が追い討ちをかけてくる。

「知らないよ、台所にいないのかえ」

「ひいさま、またなにかなさいましたね」

着物を畳む手を止めたお時が、正面から問いつめてきた。

「吉蔵が見過ごせないというので、手伝っただけだよ」

しかたなく言ったが、

「さようでございますか、それならばのちほど吉蔵どんからゆっくり聞き上げます」

切り口上で言うと、お時はそれきり黙って衣類を片付け、下がっていってしまった。厭《いや》なことに手を染めたので、身体を拭ってから寝《やす》むつもりだったが、これではあきらめるしかない。

五郎三郎が茶を持って入ってきた。

「吉蔵は戻ったかえ」

「ただいま戻ってまいりましたようで」

じき吉蔵が声をかけた。

「ひいさま、ご自身でお時どんにおっしゃってしまっては、わっしの立場がございません」

でもお時は、だいたいのことは見通しだからねえ、と花世はため息をついた。

「それに、田能村さまのお教えに背いて……」

今度は花世が勢い付いた。

「お師匠さまは、先んじて抜くなとお教えだよ、おまえ、見ていただろう、あの男はもう抜いていたじゃないか」

「痛み分けというところでございますな」

吉蔵が苦笑いして、

「番所では、万事飲み込んで手を打つと申していました。若い者はじき気がつきやした。数寄屋町の絵繕い師伊藤宗仙の弟子だそうで」と伝える。

「職人かえ。お得意さまに仕上がった品を届けに行ったにしては、夜遅いねえ」

「あすの朝の茶事に掛けようと思っていた軸が破損していたと持ち込まれたので、大急ぎで直して届けた戻りだそうで」

お茶人というのは、いったんきめた室礼《しつらい》を急に変えるということはできないようだから、そんなこともあるのだろう。

「でもまあ、ことなく済んでなによりだったよ。お時にはおまえのせいにしておいたからね」

吉蔵は、もう一度苦笑いして下がっていった。

五

翌朝も、登城のざわめきとともに、早春らしい柔らかな陽《ひ》が居間に差し込んでくる。この分なら、西の丸の桜もじきに咲きましょう、と給仕しながらお時が言う。

「おまえ、昨夜の文句は言わないのかえ」

花世が朝粥の箸をおいて訊く。

「いまさら申して、なんになります」

お時が、素っ気なく答える。

「吉蔵が、悪を見つけたら放ってはおかないのはお前も知ってるだろうに。わたしがついていたほうがいいと思ったのだよ」

「わかっておりますよ」

お時は、脇を向いて卓の上を片付けながら、

「今日は田能村さまがお越しになりますから、台所向きが忙しゅうございます、ひいさまは、おとなしくなすっていただきます」と冷たい。

「今日は午から伺わねばならないところがあるはずだが、五郎三郎が供だから大丈夫だよ」

片岡さまがお越しになりましたが……と、襖の外で小女の菊が声をかけた。お時が応じる前に、花世が、すぐ行くよとじかに返事をして、

「お茶は客座敷に持ってきて門之助《もんのすけ》どのにも振る舞うよう、五郎三郎に言っておくれ」と立ち上がった。

書院に続く表の間を病室にしたので、表と奥をつなぐ廊下の坪庭に面して座敷を二間もうけ、客間にしている。

座敷前の廊下に座していた男が、花世の姿を見ると手をつかえた。

「早朝より推参いたしましたご無礼の段、なにどぞご寛恕《かんじょ》を」

「またそのような固い物言いを」

花世が笑う。

片岡門之助は、長崎で奉行黒川与兵衛の与力として仕え、与兵衛の致仕によって江戸北町奉行所に勤めることになった男である。まだ一人身で、母親とともに深川の組屋敷に住んでいる。

長崎奉行に限らず、奉行職に任じられた旗本は、譜代の家来を内与力として使うが、家禄五百石の黒川家には、与力を出すほどの家来がいない。そのようなときは幕府勤番の役人を付けるのがならわしとか、目付時代の下役の中から与兵衛がえらんだ五人が、与力として長崎に赴いた。

その一人が任地で病没し、代わりとして御小人《おこびと》目付から任じられたのが若い門之助で、与兵衛は、手を抜くということを知らぬ若者だと愛して身近く使ったから、少女だった花世も、自然馴れ親しんでいたのだ。

五郎三郎が入ってきて、二人の前に蓋付きの大振りの染付茶碗をおいた。

五郎三郎どのの煎れる茶はいつもたいそうに美味《びみ》ゆえ、こちらに伺う楽しみの一つでござります、と門之助が早速に蓋を取る。

見込みに唐花文《からはなもん》を描いた茶碗に、蘭の花が浮いている。

「ほう、蘭茶でございますな」

さわやかな香りが朝の気の中に拡がった。

湯にくぐらせてから蜜漬けにした蘭の花を茶碗に入れて熱い茶をそそぐと、佳《よ》い香りを発して花弁が開く。

目を閉じて味わっていた門之助は、

「殿さまは、仕事の節目によく蘭茶をご所望になり、われらにも相伴《しょうばん》をお許しなされました」

まるで奉行が眼前にいるかのように、平伏した。

「御用のおもむきは」

茶を喫し終えた花世が尋ねる。

「そのことでございます」

門之助は、あわてて茶碗を置いた。

「わたくしは昨夜宿直《とのい》でございましたが、今朝方、花世さまのお働きを知りまして、一言御礼を申し述べたく……」

「働きなどと、とんでもない、町人が酷《ひど》い目に遭っている、見過ごせぬと例の通り吉蔵が言い張るので、辻番士に手を貸したまで、出過ぎた振る舞いを恥じています」

「あやつは、通称切通しのごずという名うての悪《わる》で、町方もなんどか歯噛みさせられております」

「――切通しのごず……」

妙な通り名ですね、と花世が言う。悪の異名にいずれ妙でないものはないが、それにしてもわけがわからない。

「湯島の切通しに狼が一匹出るという伝えがございますが、目を付けた者をかならずヒ口で切通して殺す一匹狼だからついた名だと言われております。本名は権太というそうですが、あまりの残忍なやり口に、地獄の獄卒の牛頭《ごず》と言われるようになったとのことです」

ごずの手口は、吉蔵の推した通り、夕暮れ時に、使い帰りの大店の奉公人を脅してついてゆき、大金を奪った上、人質を戸口で刺し殺すという残忍さで、隙を見て逃げ出そうとして殺された者もあるが、主家からあずかった財布のほか、自分用の巾着までも奪うという。

懐に手を突っ込んだときに、財布を奪っておくのだろう。

「商家の奉公人の巾着に入っている金など、せいぜいが小粒銀、おおかたは銭ばかりでございましょうに、それを殺して奪うとは盗《ぬす》っ人《と》の面汚《つらよご》し、早くお縄にして柱に架けろと犯科人《はんかにん》からまでせっつかれる始末に、奉行所は面目を失いかけておりました」

花世とて、そこまで狂暴な男と知っていたなら、近づくのをためらったかもしれない。万が一にも、二つ名を持つような男に刺されたら、前長崎奉行黒川与兵衛の名誉にかかわる。

師の田能村城右衛門からは、己《おの》が伎倆を恃《たの》むな、しかし先んじて抜くなとの、厳しい戒めを受けている。吉蔵には、相手が先に抜いていたと強弁したが、己が伎倆を恃んでいたことはまちがいない。

「あのような輩《やから》は、世の茨のようなものでございます」

「世のいばら……」

「人を刺すのを、当たり前のことと思っております。茨とみたら、刺さぬうちに刈取らねばなりませぬが、実際はさんざんに刺されてもなお、刈り取れぬことがございます。このたびの花世さまのお働き、まことにありがたく……」

門之助はあらためて手をつかえ、深く頭を下げた。

「あまり買い被らないで下さい。知らぬからこそ出過ぎたこともできたので、それほどにおそろしい男と知っていたら、吉蔵にしても、けっして私に手は出させなかったでしょう」

「そのようにおおせになりますと、これから申し上げるべき言葉が、いっそう出にくくなりまする」

門之助は、頭を上げぬままで言う。

「なにをいまさららしい、何年なじみを重ねてきたというのです」

門之助は、懐紙を取り出して額をぬぐった。

「お聞き捨ていただいて一向に構わぬことながら、上役が申しますには——」

あまりにも残忍な手口でかねてより江戸中に恐れられていた切通しのごずが召し捕らえられたのはなによりだ、だがそれが、町人の手によってということが世に広まれば、奉行所の面目は丸潰れである……。

そこまで聞くと花世は頰をゆるめた。

「私のほうこそ、昨夜のようなことが人さまの口の端に上れば、医者の身でなんと荒けないと言われましょう。吉蔵はご承知の通り、言うなと言われれば口が裂けても言う男ではありませぬ。お時には、なにがあったか聞かせてはいません。ただ、お店者の身体に怪我がないか改めました際に、備前町の柳庵と名乗りました」

「伊藤宗仙の職人の方は、上役が手を打ったと申しております」

「ならば、なんのお気遣いもありません」

門之助は、いま一度頭を深く下げて辞した。

花世は台所に立ち寄り、吉蔵を寄越しておくれと声をかけて居間に戻った。すぐ入ってきた吉蔵に、門之助の言葉を伝える。聞いた吉蔵は、唸《うな》った。

「やはりあやつが、切通しのごずでしたか……」

「聞いていたのかえ」

「危ういことでした。ごずとわかっていましたら、なんとしてもひいさまをお帰ししていました」

「それよりも、あの職人が気にかかる。ひどい目に遭いながら口止めされ、今後落ち着いて修業できるのだろうか」

吉蔵は、少し考えていたが、

「ご心配の通りのことはあるかもしれません」

「わたしは、余計なことをしたのだろうかねえ——」

「ひいさまがお助けにならなければ、あの男は命を失っていました。命さえあれば、また乗り越えられましょう」

「職人が修業盛りに道を失うのは、命を失うのとひとしいのではないか」

「人の世は、情だけでは生きられませぬ」

吉蔵の言葉に、そうだろうけどねえ、と花世はつぶやいた。

六

いつも通り八つころまでお客の相手をしてから小昼を済ませた花世は、食後の茶をもってきた五郎三郎に、おかよちゃんはとうとう来なかったね、と言った。

「住居は、太兵衛町の長屋で主は錺職《かざり》だと聞いておきましたが」

「こんへいいとをあげようと思っていたのだけれど、なんともないから来ないのだろうよ。それよりも昨日のあの若殿だが、小姓組は一日おきのお勤めと聞いている、今日は非番のはずだから、きっとあの供頭が見えるだろう。わたしは出ていると言って取り次がないでおくれ。子どもは母親に連れられて無事家に帰った、住居は聞かなかったと言っておくのだよ」

わかりましたと五郎三郎がうなずく。

「今日はこれから田能村のお師匠さまがお見えになる。わたしが留守してはご無礼だから、浜松屋さんの薬の貼り替えは、おまえ伺っておくれ」

五郎三郎は、承知いたしましたとさがって行った。

しかし、すぐ戻ってきて、

「申しわけありません、たったいま、お玄関先にあのお供の方がみえて、吉蔵さんが、花世さまがおいでになると言ってしまいました」

しかたがないねえと、花世は客間に向かった。

あの年輩の侍が手をつかえている。

「昨朝は、存ぜぬこととは申しながらご無礼をいたし、まことに申しわけございませぬ」

「お手をお上げ下さいませ。当方は町医者でございます」

「いえ、前長崎奉行黒川正直さまご息女と伺いました」とさらに低頭し、「わたくし、主は……」

花世がさえぎった。

「柳庵は、お客、いえ患者方のご身分は、伺わぬようにいたしております。人の命は、身分とはかかわりありませぬゆえ」

侍は顔を上げた。

「ただいまのお言葉、主の身分を嵩に着るわれら陪臣《またもの》、肝に徹しましてござります」

いま一度深く頭を下げ、袱紗《ふくさ》で覆った四方盆を膝前に進め、

「些少《さしよう》ながら薬礼にござります。それからこちらは――」

懐から包みを取り出した。

「お手数ながら、先日の女児に見舞いとしてお渡し下されば幸いに存じます」

「薬礼はご無用でございます。柳庵は、暮らしが立っているものであれば、だれからも応分に受け取っております。あの子の親は職人のようでございますから、手間賃が入ったときに銭を持ってきてもらえばそれでよいのでございます。第一、あの子には気付けの薬湯に白砂糖を入れて一服飲ませただけでございましたし」

「さようでございますか……」

侍は、しばらく考えていたが、

「この上に押し返しましては、さらに非礼を重ねることになると存じます。なればこれは――」

侍は、盆を自らの身体の後ろに回した。

花世は侍の出した包みに目を向け、

「推し量りで差し出がましいことを申すはいかがとは存じますが、子どもの見舞いには過分なように思われます。小判など、職人が手にすることはめったにありません。娘が気を失って小判を手にしましては、地道に仕事をする心を失いかねませぬ。人にはそれぞれ分というものがございますゆえ」

侍は膝を打った。

「たったいま、主の身分を嵩にかける陪臣と申したばかりに、年甲斐のない愚かさ、恥じ入ります」

またまた低頭した。花世は慌てて、

「いえ、そちらさまのお立場もござりましょう、おあずかりいたし、親どもの心根を見極めました上で、渡すことにいたします」

侍は、黒川のお殿さまは、まことにご立派な姫君を遺されました……と言って、辞して行った。

妻木の家臣と入れ違うように城右衛門がやってきた。

「よう、お時どん、達者でなによりじゃ」

玄関に出迎えたお時に大声で言い、ずかずかと奥に通る。この家は城右衛門が江戸

を去ってから建てたので、はじめてのはずだが、青松寺と同様、住み慣れたわが家のように奥に進み、

「やあ、よい座敷じゃ、長崎がなつかしいぞ」

猫脚のたーふるの前にどんと座した。

つい出かけはぐった五郎三郎が蘭茶をいれ、挨拶に出た。

「おまえさんが薬箱持ちか、この姫は少しばかりじゃじゃ馬じゃが、腕はよいようだ。せっかく学ぶのじゃな」

花世は、茶を喫し終えた城右衛門に向かい、

「お師匠さま、早速ではございますが、ご指南を賜りとう存じます」と頭を下げた。

「怠りなく励んでいたかどうか、楽しみじゃぞ」

花世は、暫時《ざんじ》お待ちくださりませと一礼し、奥の居間に入った。じきに無文の小袖に袴を短めにつけたなりに変え、

「お願い申しまする」

手をつかえる。

「裏庭に妙に平たい蔵を作ってあるの。なんと言うてもここは町屋のただ中じゃ、蔵造りなれば掛け声も洩れぬであろう」

城右衛門はいつの間に見たのか、たしかに蔵の中には、二十畳ほどの板敷があり、神棚を祀《まつ》り、三方に神酒《みき》を供えて八幡大明神の軸を掛けた床をしつらえてあるのだ。

「昨日一昨日と、汗を流しておらぬ。街道の宿や禅寺で太刀《た》刀《ちかたな》を振りまわすわけにゆかぬでな」

城右衛門は刀掛けから無造作に木刀を一本取り上げた。花世も小太刀を手にする。

けいこは、一時《いつとき》あまり続いた。

「よかろう」

城右衛門が木刀をおろした。

「腕は落ちてはおらなかったぞ」

「有り難う存じます」

花世は膝を落とし、頭を下げた。さすがに息を切っている。

「じゃが、己が技を恃んではならぬ。といって先んじて抜いてはならぬぞ。身に危難が迫ってはじめて抜け」

常の教えを口にする。花世は、黙って深々と礼をした。

「いや、腹が減った。禅寺は味噌汁はうまいが、朝飯の一汁一菜はかなわぬ。おまけに精進じゃ。そのことをうっかりしておった」

「お時が、昨日からなにかと心がけておりましたような」

花世がほほえんで立ち上がった。


奥の居間には、例の猫脚の円卓に、何人分もの碗皿、でぃあめんとのふらすこや杯が用意されていた。

城右衛門と花世が向き合って座につくと、五郎三郎と吉蔵も同じ卓に座した。

「わしは南蛮も紅毛も苦手じゃが、やつらが男も女も別なく、たーふるというたかな、こういう丸い卓を囲んで飯を食うところは気に入った。円という形は妙なもので、上も下もない」

たいそう機嫌がよい。

花世がふらすこを取り上げた。

「器はこぽでございますが、ふらすこの中は江戸の酒でございます。お師匠さまは珍《ちん》陀《だ》酒《しゅ》はお好みにはなられませぬゆえ」

「珍陀酒というとあの紅い色付きの酒じゃな。あれはいかぬ。甘い上に過ごすと悪酔いする」

花世は笑って、澄んだ酒で城右衛門の大杯を満たした。

お時が下女子《しもおなご》を指図して、大きな皿を運び込んできた。

「おお、大皿は懐かしいのう。掛川でときたま殿のご相伴にあずかったが、わしのような野伏《のぶせ》りにまで高足膳《たかあしぜん》が出る。ちっぽけな椀が三つ四つ載った膳が、三度も四度も出るから往生じゃ」

鯛なます、たいらぎの山葵《わさび》あえ、烏賊《いか》の卯《う》の花あえ、蛸《たこ》の駿河《するが》煎り、揚げかまぼこ、鶏煎り煮、豆腐雉《きじ》焼き、椎茸《しいたけ》煮物、楊梅《やまもも》蜜煮……。

とりどりの菜が、どこから箸を延ばしても取りやすいように形よく盛られている。菜そのものは特にめずらしいというほどのものでもないが、大皿に盛り込まれるといかにも晴れの食卓という感がするのだ。

めいめいの前には、鶏団子、細切りにした椎茸、氷蒟蒻《こおりこんにゃく》、葱《ねぎ》を煮込み、汁を張って玉子を流し込んだ、大きめの碗が置かれた。銀のれぺるが添えられている。

「ほう、なんとかそっぷといったか、おまえさんの好物じゃったな。よう相伴したのう」

「幼いころは、このそっぷにぶろーどを浸していただくのが楽しみでした」

長崎では南蛮の細い饂飩《うどん》を入れますが、こちらでは手に入りませんので氷蒟蒻を入れておりますとお時が言葉を添える。

「ぶろーど、のう、久方振りで聞いた名じゃ。お時どんは、いまでもぶろーどを焼くか」

「いいえ、江戸ではぶろーどはご禁制でございます。お屋敷におりますころは、ときたまこっそり焼いておりましたが……」

ぶろーどは、切支丹の僧が祈禱のおり、信者の口のなかに入れてやるので、売ることはむろん、作ることも固く禁じられている。

「びすこーとは折々焼いてくれます」

花世が言うと、お時は、

「今日も焼こうと思っておりましたのに、つい暇がなくて……」

「それは残念じゃ、あのぼーとるとかいうねっとりした牛の乳を固めたものは匂いも味も苦手じゃが、お時どんの作るびすこーとは、よい香りであっさりとうまかったにな」

城右衛門は舌なめずりする。

「それならあすにも焼きますゆえ、お楽しみに」とお時が笑う。

「ぼーとるはこちらでは手に入りにくいので、お時の焼くびすこーとはお師匠さま向きでございます」と花世も笑った。

小女の菊が、お灯《あか》しを、と襖の外から声をかけた。気づくと、永日もすっかりと暮れ落ちている。

銅の燭台が持ち込まれ、座がまた華やいだ。

和やかなこの宴ののち何日もしないで、柳庵に凄惨な日々が続くことになろうとは、この時だれ一人思ってもいなかったのだ。

十字の神逢太刀《かまいたち》

一

如月《きさらぎ》十五夜の月影のもと、旗本川内主水《もんど》さまのお下《しも》屋敷から出た女乗物が、汐留橋に向かってゆっくりと進んで行く。

物見格子の隙間から、ちらちらと月影を映す川波のきらめきが、乗っている花世《はなよ》の目に入ってくる。

暮れ方、川内さまのご家来が、お下屋敷のご隠居さまが庭石につまずいてころばれ、動けなくなったので、ぜひともお越しいただきたい、乗物屋から医者駕籠《かご》を用意してきたと、柳庵《りゅうあん》に駆け込んできた。尾張《おわり》さま蔵屋敷裏だという。下屋敷を持っている旗本などめったにない。よほどにご内証ご裕福なのであろう。三千五百石大御番頭《ごばんがしら》をお勤めだと、使いの家来は言った。

さいわい手が隙いていたので、花世はすぐ駕籠に乗った。五郎三郎《ごろさぶろう》を、近くの久保町の米屋の肩をはずした男の子の容態を診《み》に行かせてあったので、吉蔵が供をして走った。

ご隠居さまは、右足の腿の骨を折ってしまわれていたが、吉蔵が骨接《ほねつ》ぎのわざに長《た》けているので、五郎三郎でなかったのがかえって幸いして、手当はうまくいった。長引くことになるだろうが、気落ちせぬよう、吉蔵や五郎三郎を一日おきには寄越しましょうと言って戻ろうとすると、付き添っておられた奥方さまが、日も落ちましたゆえ、乗物をおつかい下さいませと言われ、辞退もならず、お借りすることになったのだ。

手当が思うようにいったときは、外科医になってよかったと思う。女だてらにという目は、医者にかぎってあまり向けられない。柳庵は、長崎商館付きの阿蘭陀《おらんだ》外科医から免許状を受けているというのが、重みになっている。長崎で阿蘭陀医から修業した日本の外科医に、免許状を出すよう計らったのは、長崎奉行時代の父黒川与兵衛である。

乗物の中で、花世は大きく息をついた。

——なにからなにまで、父上のお陰だ。

その父の屋敷を出てのち、乗物になど乗ったことがない。ことにいまは、町人が駕籠に乗るのを禁じるお触れが繰り返し出ている。医者駕籠坊主駕籠、つまり医家と僧はこの限りではないのだが、花世は、命にかかわるような急の病人でなければ、できるだけ駕籠に乗らぬようにしている。ましてこのような女乗物は、いったいいつ乗っただろうか。

ほどよい揺れに身をまかせていると、広壮な長崎奉行所の役宅から花世の住居になっている別宅まで、乳母の膝にもたれて半分眠りながら戻っていった、幼い日にかえったようである。

川波の光を左に、奥平美作守《みまさかのかみ》の下屋敷に沿って汐留町にかかる。新《あたら》し橋から葺手《ふきで》町の辻へ、さらに幸町に入ろうというとき、突然、

——ぎゃあっ
おそろしい悲鳴が響いた。

即座に乗物が止まる。

花世は、引き戸に手を掛けた。

「ひいさま、開けてはなりませぬぞっ」

乗物脇についていた吉蔵がきびしい声で言い捨て、すぐさま悲鳴のした辻に走って行く。

辻の向こうは、豊後《ぶんご》竹田七万四千石中川佐渡守《さどのかみ》さまのお屋敷である。

「なにごとでしょう」

女乗物だから、担いでいる中間《ちゅうげん》のほかは、川内さまのご家来衆は一人しかついてい

ない。

家来は吉蔵の後を追って走った。残った中間が、しっかりと乗物を囲む。

中川屋敷の角で、吉蔵と川内家の侍が出会って、なにか話しているのが月影でよく見える。

吉蔵をその場に残し、すぐに家来が駆け戻ってきた。

「下人《げにん》風の男が、首筋から血を流して倒れております。この場はそちらさまのご家来衆にまかせ、道を変えてお送りいたしまする」

「首筋から血……」

お乗物、上がりまする、と中間の声がかかる。

「お待ち下さい、わたくしは外科医です。お役に立つかもしれませぬ」

たしかに……と川内家の侍がつぶやいた。

ご家来衆には、直ちにお送りするよう申しつかりましたが、としばらく考えていたが、ではとりあえずこのままで参ります、けっしてお降りにはなりませんよう、と言って、乗物を進めた。

「柳庵は金創《きんそう》は扱わないけれど、人の命にかかわるようだ、診てみよう」

乗物の中から、辻に立っている吉蔵に声をかけた。

吉蔵は、引き戸の前に仁王立ちになった。

「首筋を切られ、事切れております。ひいさまはここから直にお帰り下さい。わっしが使いの戻りに行き合ったことにいたします」

するとと川内の家臣が、

「いえ、わたしが番所に届け出ます。中川さまお屋敷の番所は、ここと反対側の角でございますから、葺手町の辻番所の方が勝手がようございます」と言う。

大名屋敷はかならず番所を設け、番士をおいて昼夜を問わず町筋を見張るように定められている。だが、路上での無頼の徒の喧嘩沙汰や物盗りなどにいちいち巻き込まれていては面倒でならないから、番所はあっても番士がいなかったり、暮れ六つが鳴ると戸を閉める屋敷もあったりで、あまり役に立たない。辻番所のほうがまだしもなのだ。

事切れているというなら、吉蔵の言う通りにするのが上分別かもしれない。

乗物は汐留橋まで戻って堀を渡り、幸橋で渡り返し、大回りして備前《びぜん》町の柳庵に帰りついた。

お時に、帰途にこれこれと言うと仰天して、また文句を言いたそうなので先を越して、今宵のことはわたしから首を突っ込んだわけではないからね、と言っておく。

「どっちにしましても、川内さまのお乗物をお借りできて、なによりでございました」

薄香《うすこう》色の地に縹《はなだ》色や薄紅で小さい巻物を散らした小袖を着せかけながら、お時は吐息をついた。

お中間がお屋敷町の真ん中で、そんな目に遭うなんて、どういうことでしょうねえと言う。だがなにも聞かずにあの場を離れたので、吉蔵が戻ってくればなにか少しはわかるだろうとしか言えない。

「お師匠さまは、どうなさったえ」

城右衛門は、あれから青松寺には帰らずにずっと柳庵に逗留していたのだが、今日は午《ひる》まえ、江戸見物に行くといって出ていったのだ。

「暮れ六つ過ぎにお帰りになりましたが、このあたりで一度青松寺に戻らぬと二度と山門をくぐれなくなるといけぬ、またあすにでもこようから、長崎ふうの飯を頼むとおっしゃって」とお時が笑った。

「よほどにおまえの料理がお気に召したのだね、お寺さまの味噌汁もけっこうだろうけれど、柳庵にずっとご逗留なさるよう、おまえからおすすめしておくれ」

そういたしますとお時が上機嫌で言ったところに、戻りましたと吉蔵の声がした。

二

川内家の家来が駈け戻って来て、辻番所に届けましたので奉行所がじき出張《でば》りましょう、かかり合いはご面倒でございます、わたしが主《あるじ》の使いの戻りに出遭ったことにいたし、柳庵さまのことは一切申しませんので、そのおつもりでおいでくださいと、心利いた扱いだったので、そのまま戻ってきたのだと言う。

「殺された下人はどこのご家中《かちゅう》だったのだろうね」

「身に付けているものにも懐にも、奉公先がわかるようなものはありませんでした。渡り者でございましょう」

「お屋敷町の真ん中で、いきなりお中間の首筋を切りつけて命を奪うなど乱暴な、いったいどういうことだろう」

「叫び声がしてからわっしが駆けつけるまで、煙草《たばこ》を吸いつけるほどの間もなかったはずです。下手人がどこに隠れたかと少し歩きまわってみたのですが、中川さまの長屋塀が続いていて、川内さま御家来の言う通り、こっち側には中門《ちゅうもん》も番小屋もありません」

「そんな殺し方をしたら、よっぽどに返り血を浴びたろうに、満月の夜、だれにも見《み》咎《とが》められずに屋敷町の辻で姿を消すというのは、妙な話だねえ。といって渡り中間などを殺した者を、大名家がかくまうわけもないし……」

家の名に瑕《きず》つかぬよう、なにがあっても知らぬ存ぜぬで通すのが、奉公の要諦《ようてい》である。たとえ殺された中間が家中の者であっても、当家のあずかり知らぬ者と突き放すのが家臣の勤めだろう。

「一太刀で瞬時に命を断つのはたいそうな腕だが、傷はどんなだった」

吉蔵は、なぜか、答える前に一呼吸おいた。それから、

「十字に、切れていました」と言う。

「十字に……」

花世も、お時も一瞬息を飲んだ。

昨今、十字という形はむろんのこと、その言葉さえうかつに口することはできない。切支丹《きりしたん》の禁は、数年前から、この江戸でも、また一段ときびしく触れ出されている。

聞いていた五郎三郎がふと首をひねった。

「そういえば、こないだのおかよちゃんの母親の傷も……」

「――十字についていたっけね」

花世はしばらく考えていたが、

「おっかさんの傷は、偶然十字になったというだけだろうよ。柳の枝が触れたと思ったと本人が言ったほどのかすり傷だったからね。中間は正確に血脈を狙われて絶命してしまったのだから」と言う。

「それにしても、だれにも見咎められずに首筋を切りつけて一気に命を奪うなんてことができるのでしょうか……」

「たそかれ時、首筋を刺して一太刀で命を奪うのは、神逢太刀《かまいたち》だけだと思っていたけれど……」

花世が妙なことを言った。

「神逢太刀、ですか――」

お時が、声をひそめた。

いったいが町人は、町木戸の閉まる前に家に帰りつくように路を急ぐ。やむなく暮れてしまっても、油がもったいないので、めったに提《さ》げ行灯《あんどん》を持つなどしないから、向こうからなにが来るか、行き違うまでわからない。夕暮れを逢魔《おうま》が時というのも、もっともなのだ。

神逢太刀は、その逢魔が時に現れ、道を歩いている人にすれ違いざま飛びかかって首筋に切りつけるという。目に見えない鎌鼬《かまいたち》という獣が宙を飛んできて噛みつくのだともいうが、運が悪いと、首から血を噴き出して一命を失う。鎌鼬がどこかに出現したとなったら、あっという間に江戸中に噂が拡がるほど恐れられている妖異なのだ。

「神逢太刀などと、人前で口にしてはいけないよ」

花世は、自分が言い出しておいて、眉をひそめた。

「ことに、十字に切りつけたなどと広まったら、どんな騒ぎになるかしれない。いつも言っている通り、わたしたちのような立場のものは、よほどに気を引き締めて暮らさねばならないのだからね」

切支丹の探索は、西国、とくに長崎から江戸に入ったものには、武家町人の区別なく一段と厳重になされていると聞いている。

「大丈夫でございますよ、人さまの前では口はしっかりと締めております」

お時はあっさり請け合って、

「心がけのよくない渡り者が博打挙句《ばくちあげく》に殺されるなど、よくあることでございます。町方での殺しですから、すぐにもお奉行所が片をつけてくれますでしょう。まあ念のため、片岡さまにお話を通しておくのがよろしいかとは思いますが」

吉蔵もうなずいて、二人は下がっていった。

翌朝、いつに変わらぬ登城《とじょう》のざわめきを耳に、朝粥《あさがゆ》の箸を取っていると、

「お奉行所の片岡さまがお越しになられました」

襖《ふすま》の外から菊の声がした。

「もう吉蔵が出向いたのかえ」

花世がお時を見返る。

「いえいえ、門之助《もんのすけ》さまのことですから、ほれ、いつもの以心伝心でございましょう」

門之助は、花世が会おうかと思っていると、呼ばぬうちに現れることがよくある。

「なにか、起こりましたか」

客間に入るなり、花世が問いかけた。

「いえ、なにもございません。田能村《たのむら》さまのご機嫌はいかがかと存じまして早朝に参上いたしました」

「お師匠さまは、青松寺さまに不義理していて、山門をくぐらせていただけなくなるといけないとおっしゃって、昨夕お戻りです」

「それはまた――」

門之助が屈託《くったく》なく笑った。しかし花世が、

「昨夜、葺手町の中川さまお屋敷の辻で、渡り者が殺されました」と言うと目を剝《む》き、

膝を進めた。

「お奉行所ではなにかおわかりになったかと思い、吉蔵を伺わせるところでした」

門之助は、出仕前でございますので、なにも存じませんでした、夕刻改めて参上いたします、とそそくさと出て行った。

花世は、いつも通りお客に会って、八つ過ぎ居間に戻り、小昼《こびる》を摂《と》ると、川内のご隠居さまのご様子を見てくるように五郎三郎に言いつけてから、

「妻木の若殿の馬に転ばされたおかよちゃんがあれっきり来ないのは、たいしたことがなかったからだとは思うが、住居は太兵衛町小路だといったね、せっかくこんへいとを用意したのだから持って行って、その後大丈夫だったか聞いておくれ」

お時に言う。

錺《かざり》職と言ってましたからすぐわかりましょうと、お時はこんへいとの包みを持って出て行った。

七つ過ぎて日も傾きかけたころ、城右衛門がどすどすと入ってきた。

「青松寺よりもここのほうがはるかに飯がうまい、まだびすこーとも食っておらぬしな」

「今日にも焼かせます」

花世が笑いながら言ったが、そのお時が半時《はんとき》経っても戻ってこない。太兵衛町なのだから、転がって行っても往き帰りで四半時である。

「まあ、そうきりきりするな、お時だとてたまには骨休みもしたかろうよ、太兵衛町は商いの店が多い、中には菓子屋もあろうが」

まさかいい年をして菓子屋で道草を食うわけもございません、と花世が苦笑いしたとき、ばたばたと足音がして、遅くなりました、とお時が襖を引き開けた。

どっかと座している城右衛門を見て、

「お越しなされませ」

頭を下げたが、息を切っている。

「おかよになにかあったのかえ」

花世が腰を浮かすとお時は首を振り、

「あったというわけでもございませんが……」

なんだねえ、おどかすんじゃないよ、ゆっくりわけをお話し、と花世が言う。

虎の御門の真ん前の太兵衛町で、こないだお武家さまの馬に引っかけられた錺職の娘おかよちゃんといって尋ね歩いたが、長屋の女たちは口をそろえて、ひっくり返ったのはこのあたりの子じゃないよと言う。

太兵衛町の路地を三本ともまわったが、どこも同じような返答だった。町の木戸番はくせがある男が多くて、うっかり尋ねると面倒なことになりかねないので我慢していたのだが、困《こう》じ果ててとうとう番小屋の前に立った。

案の定木戸番は、おかよなんて娘は聞いたことがねえよと、あさっての方角を見ながら言う。母親本人が言ったのだからと押して言うと、本人が言ったからってほんととは限らねえだろうがと嘯《うそぶ》く。まったくなので答えようがない。

なんとしたものかと考えていると、久保町の方から、よく似た風体《ふうてい》の男がやってきた。どこかでみたような気もする顔つきである。大方どっかの木戸の番太だろう。江戸中の木戸番は、みな親類かと思うほど、年格好から態度物腰まで、そっくりなのだ。

男は、こないだの借りを返しにきたぞと言う。畳の間の隅に碁盤がおいてあるところをみると、碁敵《ごがたき》かもしれない。

手を伸ばして勝手に碁盤を引きずり寄せながら、こないだちょいとした騒ぎがあったそうじゃねえかと言っている。ひょっとしてと、お武家さまの馬に女の子が掛けられたことでしょうかと訊《き》いてみると、うさんくさそうに見返って、うちの町内の幸兵衛長屋の女の子がひっくり返って気を失ったが、柳庵さまのお手当でことなくすんだのさと答えた。

「うちの町内って……」

「兼房町《かねふさ》だ」

兼房町なら柳庵のある備前町の隣町である。どこかで見たようなと思ったのは、隣町の木戸番だったのだ。

実はその子に見舞いを言付《ことづ》かってたもんで、と立ち去ろうとすると、

「行ってもいねえよ、昨日の昼に、引っ越しちまったからね」

「まさか、そんな――」

とたんに男の目付きが尖った。

「まさかって、お前さん、おれは兼房町の木戸番だ、木戸番のおれの言うことを信じねえのかね」

とんでもない、お手間かけましたと、そそくさと番小屋を離れた。

木戸番は二人置く決まりだが、たいてい一人しかいない。わずかな給金でも町内の負担だから、ついそういうことになる。真っ昼間小屋を外にして碁を打っている番太の言うことなんかあてになりはしないから行ってみるほかない。

兼房町の路地に入ると、とっつきの長屋からちょうど子連れの女が出てきた。幸兵衛長屋のおかよちゃんと尋ねると、ああ、と言ったが、ちょっと困惑したように、昨

日午過ぎに急に引っ越して行ったと答える。木戸番の言葉はほんとうだったのだ。

大きな仕事が入ったから現場の近くに越せと親方に言われたのだそうで、錺職でもそんなことがあるのかと言うと、いいえ、屋根職ですけど、と言う。

「その上に、亭主の屋根職は、おかよちゃんの実の父親じゃないんだそうです」

幸兵衛長屋に越してきたのはおととしの秋口、それまでは湯島にいたそうで、おかよの実の父親も屋根職だったが、仕事中に足踏み滑らして死んでしまったのを、親方が、子供を抱えて暮らしが立たなかろうと、一人者だったいまの亭主に口を利いて、いっしょにさせてくれたのだそうだ。

「おかよちゃんをたいそう可愛《かわい》がって、まるっきりほんとうの父親のようだったって、そのおかみさんは言ってました」

いい加減な居所を言ったのは、お薬礼が出せないからでしょうかねえと、お時が首をかしげる。

それならそれでいいよと花世は言い、お時は城右衛門に催促されて、びすこーとを焼きに台所へ急いだ。

入れ替わって、城右衛門にあいさつに来た吉蔵に、

「おまえ、こないだおかよのおっかさんに出会ったのは、どのあたりだったのだえ」

と訊いた。

「ついそこの、出雲屋《いずも》さんの前でしたが」

出雲屋は、備前町からは虎の御門の側の隣町になる善右衛門町の乾物屋で、柳庵と十間と離れていない。

「おかよを見知っていた人から聞かされたという話だったが、そのお人といっしょだったのかえ」

「いえ、血相を変えた女が虎の御門の方から駈けて来たので、もしやと思ってわっしの方から尋ねて、引っ張ってきたのですが……」

花世が首をかしげた。

「妻木の若殿は、馬を飛ばしてきたのだ、おかよのおっかさんがだれかに知らされて、駈け通してきたとしても、出雲屋さんの前で出会うのは少し早いねえ」

兼房町からならすぐに来られましょうと吉蔵が言う。

「兼房町ならすぐだけれど、だれかがこの柳庵をいったん通り越して兼房町まで知らせに行って、それから走って来たのなら、もっと遅くなるんじゃないかねえ。第一、兼房町は虎の御門とは反対側だよ、出雲屋さんの前でおまえに出会うはずがない」

そうおっしゃればその通りですな、と吉蔵が首をひねる。

花世は、まあ本人が回復しているんならそれでいいのだからと、話を打ち切ろうとすると、

「なにやら小面倒なことを言っておるな、なにがあったのじゃ」

城右衛門が膝を乗り出してきた。

花世が、この間の朝の騒ぎを手短かに語る。

「それで、昨日は中間殺しか。おまえさんもまったくにいろいろなことに出くわす女じゃよ。旗本の姫で納まらぬわけじゃ」

「田能村さま、少しおっしゃってくださいまし、お時さんも気の休まるひまもありません」

吉蔵が言う。

「なに、お時どんもあれで、けっこう物好きじゃからな。肝心のところで示しがきかぬ」

城右衛門が、もっともらしく言う。

それはお師匠さまのことではありませぬか、と、花世がうれしそうに笑った。

三

その夜、五つ近くになって、門之助がまたやってきた。

「申しわけございませぬ。殺された中間がどこの家中か、まだわかりませぬ」

門之助は、自身の責めであるかのように、深々と頭を下げた。

「町方は武家にはかかわれないのですから。ましてや大名家中のこととなれば、どうしようもありません。けれど持ち物などはなかったのですか、主の使いであれば……」

言ったものの、組屋敷などに住む少禄《しょうろく》の旗本や御家人の奉公人なら知らず、日暮れてから中間ひとりを使いに出す大名家があるはずがない。

「衣類は無紋、持ち物にも書状や鑑札など、素姓を示す品はありませんでした」

門之助は、むずかしい顔で吉蔵とおなじことを言った。

「中間部屋で渡り者が開く御法度《ごはっと》のいかさま賭博《とばく》で文無しになり、丸裸になったと奉行所では考えておりますが……」

そんなことかもしれませんねと花世が答えると、

「ただ、下手人は、首筋の血脈をあやまたず刺しております。おそらく人の殺し方を心得ている者の仕業《しわざ》と思われます。その上、これは花世さまですから申し上げますが……」

ちょっと口ごもった。

「——十の字に切られていた……」

「吉蔵が、申しましたか」

花世はうなずいて、刃物はなんでしたかと訊く。

「奉行所では、短刀と見ております」

さらに探索を続けまする、明日またご報告に参上つかまつりますと出ていった。


その夜は、鯛の浜焼きの載った大皿が供された。

鯛のまわりに、豆腐の田楽、里芋の煮物、芹《せり》と一緒に煎《い》り付けた鶏が盛られている。

「この家は毎夜たいそうな馳走じゃのう、掛川の殿に食べさせたいぞ」

口髭《くちひげ》をむしゃむしゃとこすりながら城右衛門が言う。

「お師匠さまがお望みというので、お時が一心になって調えておりますので、いつもこのように菜の数が多いわけではございません、過分な薬礼はとらぬ町医でございま

すから」と花世が笑って、

「御酒《ごしゅ》だけは、六助が天満屋の灘《なだ》の樽を買いに下槙町《しもまき》まで参りました」

銚子を取り上げ、大振りの唐津の盃に注ぐ。

飯炊きの六助は、以前は久保町の裏長屋から通いで来ていたのだが、柳庵が忙しくなって女手も要るとお時が言って、この春裏庭の薪小屋に畳の間を建て増して、女房のお兼といっしょに住み込ませたのだ。

城右衛門は盃を一息に干して舌を鳴らす。

「びすこーともよいが、なんといってもこれじゃよ」

今日は思いがけなくおかよ探しに手間どって、結句焼く暇がなかったとお時が気にいたしております、あすには、と花世は笑いながら言った。

翌朝も、よい日和《ひより》である。城右衛門は、飲みすぎたと柳庵に泊まってしまった。

花世は、朝餉《あさげ》をすませると吉蔵を呼んだ。

「妻木の御家来から、おかよちゃんへの見舞いをあずかっている。引っ越し先をさがして渡さねば、申しわけが立たない。お時の話では親方が湯島にいるということだから、湯島で尋ねればわかるかもしれないね」

「むずかしいかもしれませんな。言っていることが嘘ばかりとなれば、湯島に住んでいたというのもあやしいと思わねばなりません」

吉蔵は首をかしげ、あまり気が乗らない言い方をする。しかし、放っておくと花世が自身出かけそうだと思ったらしく、ま、とりあえず行ってみましょうと出ていった。

八つ過ぎ、戻ってきた吉蔵が、

「湯島の屋根職に市兵衛という親方がおりました」

「じゃ、おかよちゃんのおっかさんの話はほんとうだったのだね」

「ほんとうといえばほんとうなんですが……」

なぜか渋い顔になった。

吉蔵が頭《かしら》と呼ばれていたころの手下のひとりで、手先の器用さで重宝されていた男が、一から修業して額彫《がくほり》職となり、湯島駿河台《するがだい》下に住んでいる。その男を訪ねると、湯島の屋根職なら明神下に近いところに市兵衛という評判の親方がいるというので、とにかく聞いてみようとその足で立ち寄った。

市兵衛は、おかよ坊、おっきくなったろうなあと、人のよさそうな顔をほころばせた。

「その親方が、夫婦《めおと》の仲立ちをしたのかえ」

「いえそれが、市兵衛のところに転がり込んだときから夫婦だったというので」

　おかよの父親は蔵次といって、川崎で長く仕事をしていたが、女房も江戸の生まれなので江戸が懐かしくなり、川崎の親方から市兵衛の人柄を聞き、そんな親方のところから一本立ちしたいとやってきたというのだ。

「腕もいいし身も軽く、根性があるので三年も辛抱すればと思っていたところ、一年半ほどで、いま少し別の親方の下で修業してみたい、市兵衛親方の恩は生涯忘れない、一本立ちするときは市兵衛の元から出たい、それまで外へ出してほしいと言ったそうで」

　芝あたりの大名屋敷出入りの親方が望みだと言うので、三田二丁目の半右衛門親方に添状を書いてやったというのである。

「そんならその半右衛門という親方に、大きな仕事が入って呼び寄せたのだろうか」

「わっしもそう思ったんで、念押しと思って三田まで行ってきました」

　ところが半右衛門は、先だって蔵次が急にしばらく休ませてほしいと言ってきたので、まじめで腕がいいから先行きを楽しみにしていたのに、がっかりしたと言ったというのだ。

　職人は渡りが本来だから、親方に見切りをつけたりして急に出てゆくことも多いと

聞いているから、そこまでにして戻ってきたと吉蔵は言って、

「そんなことで、結句、いまの居所はわかりませんでした」

お役に立ちませず、と頭を下げた。

「半右衛門という親方は、いまどこの仕事を受けているのだろう」

「春から肥前《ひぜん》島原七万石の松平主殿《とのも》さまの長屋塀の屋根を葺きにかかっているそうです。芝三田一円は、西国大名の屋敷が集まっております。主殿さまの向かいが讃岐《さぬき》高松の讃岐守さま、隣が伊予《いよ》松山の隠岐守《おきのかみ》さま、土佐守《とさのかみ》さま、淡路守《あわじのかみ》さまとすべて松平一門のお大名、それに御一門ではありませんが、有馬さまは筑後《ちくご》久留米で」

いずれも大藩だが、御門内の上《かみ》屋敷が手狭になり、芝辺りの中《なか》屋敷を藩主常住の屋敷にした藩が多いそうだ。

その夜もとうとう城右衛門は青松寺に戻らず、吉蔵を呼び寄せ、猫脚のた、、、ーふるにくつろいで灘の酒を愉《たの》しんでいる。

四つもすぎたころ、菊が、片岡さまが——と声をかけた。

「なにか、お急ぎのご様子で……」

だいぶまわっていた城右衛門が、門之助か、なにかまわぬ、ここへ呼べ、まだ灘の酒があるぞと言うと、給仕についていたお時が、めずらしく、なりませせぬ、ときびし

い声で制した。

いかに親の代からの親しい間柄でも、奥の居間に若い男客を招じての酒盛りはならぬというのだろう。

客間前の廊下に座していた門之助は、花世の姿を見るなり、

「本日六つ半ころ、鳥越《とりごえ》の佐竹右京さまお屋敷の辻で、中間が左首を刺されて命を失いました」

申しわけございませぬ、と、またもわが責めであるかのように、深々と頭を下げた。

「鳥越というと、浅草橋御門の川向こうでしたね」

江戸に住んで五年を越すのに、花世はお城から離れたところの地理に一向に疎い。

だが浅草川近辺だけは、父与兵衛の屋敷が和泉橋御門際なので、だいたいの見当がつく。出羽《でわ》秋田佐竹藩は二十万五千石の大大名だが、外様《とざま》なので、お屋敷は浅草橋御門の外、川の向こうにある。

「浅草橋を越えまして、上《かみ》へ二町ほど、外様大名の屋敷が多いところでございます」

「そのお中間も、どこの奉公人かわからないのですか」

「この度はすぐ判明いたしました。佐竹さまと道ひとつ隔てた、松浦壱岐守《いきのかみ》さまの奉公人でございます」

「松浦壱岐守さま――」

花世はつい声が高くなった。

「平戸のお殿さまではありませんか」

平戸は、奉行の支配する幕府直轄地長崎と深い関わりのある、肥前の地である。

「佐竹屋敷の番士が見知っておりました。屋敷町もあのあたりとなりますと、御門内はいうまでもなく、愛宕下《あたごした》や芝麻布などとも、中間部屋の風儀も自ら異なってまいります」

風儀が違うとは、中間部屋で禁制の賭場が開かれることもあるというようなことだろう。

「傷口は……」

門之助は息を飲み込んだ。

「――十字に切られておりました」と言って口の端をつり上げた。

「筆頭与力の神崎さまが出張っておられたため、同心どもには固く口止めされましたが、なにぶん佐竹さまの番士がその場におりましたので……」

武家家中に不祥事が起こっても、町方は手を出せない。知らされることさえない場合もある。しかし所が路上である上に、他家の番士が発見したので、松浦家も奉行所に届けざるを得なかったのだろう。

だが大名家の家臣には、たとえ徒士《かち》足軽であっても、町方は口止めなどできない。中間が十字に首筋を切られて死んだと、あすにも江戸中の噂にならぬともかぎらない。

「しかし傷口まで改めましたのは役目柄の者だけでございますから、その点は案ずることはないかと思われます。一昨夜とは処《ところ》も離れております、渡り中間が賭場帰りに切られて死ぬなど、この広い江戸ではさしてめずらしいことでもありませぬゆえ、一昨夜の件とはかかわりないかとも思われます」

「で、今度も、短刀でしたか」

門之助は、は、と答えたが、ほんの一瞬の間があった。

「なにか不審なことが……」

いえと門之助は首を振ったが、短刀であればよほどに刃の薄い業物《わざもの》かと、と付け加えた。

「傷跡が細く、その割に深いのですね」

「そのように見えました」

二度あることは三度と申します、お奉行が明朝登城のおり、南のお奉行さまに非番の定廻《じようまわ》り同心を出すよう、申し出をなされるよしにございます、また明日ご報告申し上げますと、門之助は出ていった。

しかし定町廻り同心は、各奉行所に六人しかいない。南北合わせても十二人、江戸町奉行の管轄地は五百町を越える。いつどこで起こるかわからぬ中間殺しを、たった十何人で防げるというのだろうか。

「門之助は帰ったのか」

居間に戻ると、城右衛門が問いかけた。

「お時どんのうまか菜を食わせてやりたかったにの」

あのお方は、長崎時代からたいそうお固くて、どうお勧めしても奥で召し上がることなどありませんよ、とお時が笑う。

だが花世が、

「また一人、おなじ手口でお中間が殺されました。松浦さまの小者だそうでございます。あすも、どこかで起こるかもしれません」

固い口調で言ったので、座のものの顔色が変わった。

「なに、同じ手口というか。ううむ……さすれば下手人は同一とみるのが定法じゃ。たしかにあすも起こるかもしれぬ。……」

城右衛門は唸《うな》って、腕を込まぬいた。

「それにしても、たかが渡り中間を、そこまで手の込んだ殺し方をするのがわからぬ」

「まことに……」

花世が、じっとうつむいて考え込んでいる。

その様子を見て、城右衛門が、

「これ、おまえさんはたまたま通り合わせただけだ、入れ込んでもなんの役にも立たぬ。いつもの悪い癖を出すな」

釘をさした。

黙って頭を下げる花世を、吉蔵が横目で見ている。

「いや、今夜もうまかった。やはり、青松寺は断ることにするか」

伸びをしながら城右衛門が言ったので、花世もお時も、やっとほほえんだ。

四

翌朝、花世は朝粥をすませると、

「お師匠さまは、なにをなさっておいでになるのかえ」

お時に訊いた。

「江戸見物とおっしゃって、早くにおでかけになりましたが」

「吉蔵がお供をおおせつかったかえ」

「いえ、おひとりでお出かけですよ」

「そんなら吉蔵を呼んでおくれ、頼みたいことがある」

すぐ入ってきた吉蔵に、

「今日はよいお日和だねえ。お師匠さまは江戸見物にお出かけだそうだけれど、わたしも午から出かけたいので、供しておくれ」と言う。

「どちらへ……」

「蒲田《かまた》の梅が見頃だと昨日お客のお一人が言っておられたよ。ぜひ行ってみたいのだけれど、その前に、妻木さまからのおかよの見舞いを半右衛門という親方にあずかってもらおうと思う。暮れ前には戻れるように出かけよう」

大森村の矢口の渡し近くの蒲田は、二十余町もの広さの梅林が拡がっている、江戸切っての梅の名所である。

唐突《とうとつ》になにかを始める女主に慣れている吉蔵は、あらがってても無駄とばかり、なにも言わず頭を下げた。

それからはいつも通りの時が過ぎて、お客の姿がなくなると、五郎三郎を呼んで、腰が痛くて動けない尾張町二丁目の塗物師の美濃《みの》屋の大旦那を診る日だが、これは力があるからおまえのほうが喜ばれる、道ついでに、商売物の唐津の壺を落として左足の甲を折った数寄屋町の道具屋播磨《はりま》屋の跡継ぎの治り具合と、手首を痛めている加賀《かが》町の鞘《さや》師六左衛門どのの様子を見てきておくれ、わたしは梅見でもして骨休みするよ、と笑った。

それから若衆姿に着替える。

「ひいさま、田能村さまがおっしゃいましたように、中間殺しなどには、決してお係わりになりませぬよう」

「中間殺しの件で出かけるのではないよ、妻木さまからあずかった見舞いをおかよちゃんのおとっつあんの親方に届けかたがた、江戸見物をするのだよ」

「それなら結構でございます。ですが念のためお出先を伺わせて下さいませ、田能村さまがお戻りになれば、かならずお聞きになります」

芝三田二丁目の半右衛門という屋根職だと言うと、なんとしても六つ半までにはお戻り下さいましと念を押す。

わたしだって、たまには江戸見物くらいしてみたいよ、蒲田の梅が見ごろだと、昨日お出でになった幸町の伊勢《いせ》屋の大旦那が言っていた、と着替えながら言う。お時は、柳庵さまは休みがないので安心だとお客がたがおっしゃいますから、わたしどもも働き甲斐があるというものでございます、と素知らぬ顔で言っている。

花世は、袱紗《ふくさ》包みを懐に入れ、吉蔵を供に屋敷を出た。

兼房町の通りをまっすぐ行くと、将軍家御墓所増上寺の前に出る。昨日は涅槃会《ねはんえ》だったから、門前はたいそうな賑わいだったろうが、祭りの翌日というのはまるで人が出ないから、休んでいる店が多い。それでも花世は、開いている店を珍しそうにのぞき込んでいる。

「日が落ちますとお時どんが気を揉《も》みます。お早めにどうか」

吉蔵がうながすが、花世は一向に気にする様子がない。門前町をゆっくりと歩いて、増上寺の向かいの神明社を律儀に拝む。増上寺を取り囲んで流れる古川の橋を渡り、三田町の辻で、ここでいいのかえ、と吉蔵に確かめて、二丁目へ曲がった。

春日明神社の鳥居前で、木立ちに囲まれた社殿を見上げ、石段を上がって参拝しそうな気配に、吉蔵がやきもきする。だがしばらくたたずんで石段下から拝んだだけで歩を進め、松平主殿さまお屋敷前に出た。

葺き替えは、中門脇の番小屋に続く長屋塀の瓦屋根から始めたらしい。

そのさまを眺めている花世に、

「ひいさま」

吉蔵が声をかけた。しかし花世は、

「暮れ六つ前に邪魔をしてはならないから、時を計っているのだよ」

振り返りもせずに言う。

「それでも昨日の今日でございます。ひいさまご自身で、今日もどこかで中間殺しがあるとおっしゃったではありませんか。六つ半にはお戻りにならないと……」

吉蔵の文句の途中で、芝切通しの時の鐘が鳴った。

「おまえもお時も、おかしいねえ、中間殺しがどうしてわたしに危害を加えるのだえ、おまえが狙われるのならともかく」

言われればその通りである。吉蔵は中間姿なのだから襲われてもおかしくないが、花世は若衆姿である。

名の通った職人なら、暮れ六つが鳴る前にきっちり片付け終える、と花世は言って、春日明神の石段下で待った。

松平主殿屋敷の裏門から、職人風の男たちが大勢出てきた。半白の男が明神社の前で、ばんばん、とかしわ手を打って拝礼し、向かいの店に入ろうとするところへ吉蔵が進み出て、昨日は、と声をかけた。

「ああ、蔵次を訪ねてきなすった……」

男が頰をゆるめる。

「こちらが柳庵花世さまでございます。おあずかりしているおかよ坊への見舞いを、ご自身持参なさりたいとのことで」

親方は、若衆姿の花世をまぶしそうに見上げ、

「そいつぁまた、お心入れのこって」

立ち話もなんです、取り散らかしちゃいるが、と店を指した。

上がり框《がまち》に腰を下ろし、袱紗包みを差し出す。

「さるお方から、おかよちゃんに見舞いをおあずかりしています。兼房町に住んでいたようなのですが、急に引っ越したという話だったので、こちらさまでおあずかりいただけまいかと存じて参上しました」

「備前町に蘭方《らんぽう》の女名医がおいでになるという噂は聞いておりやした。わざわざこんなところまでおいでに下さるとは、なんともはや……」

親方は、しきりに手拭で額をこすりながら、

「休むって言ったとき、娘か嬶《かか》ぁの具合でも悪いのかって思ったんですが、見舞いってえとなんですか、やっぱりどっちかがよくねえんですか」と反対に花世に尋ねた。

「いいえ、娘のおかよちゃんがお武家さまの馬に触れてちょっところんだだけで、心配はいりません。ですがお武家さまのほうでお気になさって」

半右衛門は、さいでしたかとうなずき、いまどきめずらしいお武家さまだねえ、とつぶやいている。

「蔵次というお人は、こちらにお世話になる前は、湯島の親方のところにいたということですが……」

「へえ、湯島の市兵衛とあっしは、池の端《はた》の名人といわれた権右衛門親方のところでいっしょに修業した仲なんで、市の添え状がありゃ、断るわけにはいきやせんでね」

なつかしそうな顔になり、

「火事の災難受けた人にはなんですが、わっしらはあの大火のおかげで、若いころに大変な仕事をさして貰《もら》いました」と言う。

半年で江戸中を建て直したのである、若い職人には願ってもない修業の場となったのだろう。

「その前は川崎にいたという話でしたが……」

「いろんなとこを渡り歩いたって言っていたねえ。けど、川崎ってのは聞いたことあったっけっかねえ」

「生まれはどこなんでしょうか」

「江戸ってとこはいろんなとっから人間が集まってくるからねえ」

首をかしげたが、

「でも上方もんはすぐわかりやすね、あれは尾張あたりから西の訛《なまり》なんでしょうな」

と言って、

「尾張っていや、蔵次のやつ、女房が尾張だか美濃だかの生まれだと言ってたような気がするねえ」

半右衛門は、座ったまま後ろを振り向き、

「辰、おめえのとこの組の蔵次のかみさんが尾張もんだって聞いてなかったか」と大声を出す。

竈《かまど》の脇の障子《しょうじ》から職人が一人、身体《からだ》を半分出して、

「そいつは聞いてねえです、けど親方がいま尾張って言ったんでひょいと思い出したんでやすが、尾張のなんとかいう城下町の話をしてたような気がしやすね、住んでた

んだか、かみさんのことだったか思い出せねえですが……」

そうかいと半右衛門が答え、とにかくおあずりしておきましょう、あんまり長い間姿みせないようだったら、お返しに上がりますと、袱紗包みを受け取った。

半右衛門の店を出たが、あたりはまだ薄明るい。

花世は、網町の角で立ち止まった。

「これがあの、名高い有馬さまのお長屋なんだねえ」

古川に面して延々と延びる有馬屋敷の長屋塀を眺めている。大火のあと、大名屋敷にはかならず作るように定められた物見櫓《やぐら》が、塀を突き抜けるように空にそびえている有馬屋敷の景は、江戸名所の一つになっているのだ。

「ひいさま」

吉蔵が急《せ》かす。

せっかくお江戸見物をしているのに、と不服そうな口ぶりで、やっとのこと歩き出し、古川越しに増上寺の森を見ながら、来たときと同じ道筋で備前町に戻った。

五

案の定、城右衛門が苦い顔で表門に突っ立っている。

「おまえさん、長崎のころと少しも変わらぬはねっかえりじゃな」

もうしわけございませぬ、と花世は深々と腰を折ったが、あまりもうしわけなさそうには見えない。

さっさと入れ、と城右衛門がわが家のように言う。玄関の式台に座り込んでいたお時が、

「吉蔵どんがついているから、大丈夫だと思っておりましたよ。案外お早うございましたねえ」

嫌味たっぷりに言う。

「なんだかおかしいねえ。五つ前に屋敷町を通ればだれでも殺されるというのなら、お江戸に住む人がなくなるよ」

花世は居間に入り、若衆装束を鳥の子の地に色々の歌留多文《かるたもん》を散らせた小袖に着替えた。

城右衛門は、猫脚のたーふるに肘《ひじ》をついて凭《もた》れていた。その背に、

「ご心配をおかけいたしました」

改めて頭を下げる。

振り返った城右衛門は、花世の小袖をみて、

「おう、阿蘭陀歌留多じゃな」

つい頬がゆるむ。

「十五の祝いに、父が作ってくれました。派手になってしまいましたが、お師匠さまにお目にかけようと思いまして」

歌留多は異国の絵柄で、染め、縫い、手描き、絞りと、一枚一枚ことなった手法の凝った文様となっている。長崎ならではのぜいたくな品である。そのあまりの華麗さに、元服の祝いの意味なのかと思ったものだ。

花世の作戦が図に当たって、歌留多文様で機嫌を直した城右衛門に、今朝から吉蔵の働きで、おかよの親のことが少しはわかったので、あずかった見舞いを届けましたと、夕刻の外出《そとで》のわけを話す。

城右衛門も納得し、吉蔵を呼び寄せて灘の酒に相好《そうごう》を崩し始めた。

五つ半をすぎて、門之助がきた。

「今夜はどこからも知らせはありませぬ。念のため五つ過ぎるまで奉行所におりましたため、参上が遅くなりました」

「そうでしたか――」

花世はほっと息をついたが、

「一つ伺いたいのですが、この半年ほどの間に、御府内の外科医に、盗賊が入ったという訴えがありませんでしたか」と尋ねた。

「今月は、そのような件はありませぬが」と即答したが、ここ半年となりますと、としばらく宙をにらみ、

「われらの当番月にはなかったと存じます。非番月のことは、すぐに南の山崎市十郎に聞き合わせます」

山崎市十郎は、いまは南町奉行所の与力だが、門之助と同じく長崎で与兵衛の配下にいた男である。

「医家には見知らぬ人間が大勢出入りします。ですから納戸《なんど》の鍵は、五郎三郎が日夜腰から放しません。商家の番頭と同じです。私も、入るときは五郎三郎に開けてもらっています。道具や薬を用いたときは帳に付け、毎月朔日《ついたち》十五日には五郎三郎が照合します。蘭方医は漢方や和方とは比較にならぬ強い薬を用いますから、万一使い方を

誤れば大変なことになりますゆえ」

　門之助は、わかりました、明日は明るいうちに参上いたしますと帰って行った。花世になにかを問われることがあっても、門之助はその理由《わけ》を一切聞かない。ただ答を持ち帰るだけである。

　居間に戻ると、まだ盃を手にしていた城右衛門が、今日はどうじゃった、と訊く。なにごともなかったそうでございますと言うと、城右衛門は、酔ったゆえ今夜もここで厄介になるぞ、とお時に案内され、客間に引き取っていった。

　お時が居間に戻ってくると、

「見舞いの金子《きんす》は親方にあずけてきた。だが親方も、おかよの親の居所は知らないようだよ」と言う。

　お時も、それは妙なという顔になった。

「あの子は武家屋敷の初午《はつうま》に招《よ》ばれて、ちかちかの飴《あめ》をもらったと言っていたっけね。こうなると実家《さと》近くのお屋敷というのもほんとうかどうかわからないが、子どもは菓子のことは忘れなかろうから、こんへいいとを初午に振る舞ったお屋敷がどこかにあることはたしかだ。いまでは江戸でも手に入るけれど、町の子にまで振る舞うとなると大名旗本でも限られるだろう。おかよが招ばれた屋敷がわかるといいのだが」

「実家でなければ、住居に近いところでしょう。兼房町で尋ねてみます。おかよちゃんのことを話してくれたおかみさんは、ちいさい子を連れてましたから、たぶんわかりましょう」

花世はうなずいて、今度は吉蔵に、

「妻木の若殿の馬が荒れたのは、天から金色のなにかが降ってきたのに驚いたという話だったね。虎の御門あたりで聞いてみておくれ」

そこへ五郎三郎が、本日の帳面にお目通しを、と入ってきた。毎日の客の診療の結果と投薬を帳面に付け、一日の終わりに花世に目通ししてもらうことにしているのだ。

花世の言った言葉の端々まで、実に几帳面に書き留めている。

五郎三郎が来たのをきっかけに、お時と吉蔵は、あすは早速に確かめますと、引き取っていった。

六

翌朝、お時が、吉蔵どんはご登城で混み合う前にと出ていきました、長屋は朝が早いからわたしもこれからすぐに行って参ります、お膳はお菊に下げさせますと居間を出ていった。城右衛門は、早くにまた江戸見物に行ったという。

食べ終える前に、菊が、門之助さまがお玄関先に、と知らせにきた。

「外科医に入った盗賊の件ですが」

式台の前で立ったまま待っていた門之助が勢い込んで言う。

「山崎市十郎は、同じ長屋ですので、今朝方寝込みを襲い——いえ、出仕前に訪ねましたところ、昨年の暮れ、山下御門の了庵《りようあん》さまに盗《ぬす》っ人《と》が入り、あちこち荒らしまわったという話でございました」

「了庵さま……」

この間の朝、妻木の若殿が近い外科を教えろと言ったとき、花世が口にした、古い外科医である。

「なにを盗まれたのですか」

「それがこちらさまと違い、品々をあまりきちんと付けなどしてはおらぬようで、わからないということだそうでございます。ですが金子には手をつけていないようで、なにを盗むつもりだったのかと、山崎も首をかしげておりました」

それだけ言うとすぐに、また夜分お騒がせいたしますと出ていった。

めずらしく今日はお客の数が少なく、午の刻前に身体《からだ》が空いた。奥に戻ると吉蔵とお時が待っている。

ひいさま、わかりましたよ、とお時が勢い込む。

昨夜の残りの灘の酒を茶碗に入れて、この前の礼だと兼房町の木戸番を訪ねると、こんなことで機嫌よくしてなるものかという顔をしたが、ともかくも受け取ったので、

「この間おかよちゃんが、初午にちかちか光る飴を貰ったって大喜びしていたっけが、どこのお屋敷だろうねえ。そんなめずらしいものを子ども衆にくれるなんて、よっぽどに気の大きなお留守役がおいでなんだろうね」と言ってみたところ、茶碗酒は速効性があるらしく、

「そこの大村さまが初午に下されるのよ、こ、い、ん、ぺ、い、と、というそうだ。評判になっちまったから、そいつを目当てに遠くからやってくる子どももいるのさ」と言う。

「大村因幡守《いなばのかみ》さまかえ、目の前のお屋敷じゃないか」

花世がびっくりする。

町名は久保町になるが、肥前大村藩主因幡守の屋敷は、道をへだてて柳庵の前である。

お時が、大村藩は肥前ですから、こ、い、ん、へ、い、と、などいくらでも手に入るはずでございますよねと言う。

「天から金色の二、三寸ほどの棒が、馬の鼻先に落ちてきたので、驚いて跳ね上がったのはまちがいないようです」

吉蔵が伝える。

「その金色の棒は、妻木のご家来衆が拾ったのだろうか」

「おかよが転んで騒ぎになっちまったもので、どこへいったかわからないそうで」

吉蔵は答えたが、ひいさま、おかよのこともうこのあたりで、と付け加える。

花世はうなずいたが、納得したとはみえない。吉蔵も、言うことを言ったという顔つきをしているだけである。

「このところ妙なことばかりでひいさまもお気が晴れませんでしょう、今日のように早めにお身体がお空きのときは、田能村さまとごいっしょにお江戸見物にお出かけになりましたらいかがです」

昨日の花世の言葉を思い出したか、お時がめずらしいことを言い出した。

「実は昨日、吉蔵をやきもきさせながら増上寺の門前の見世《みせ》や三田の有馬さまの名高いお長屋塀をゆっくり見物した、お師匠さまにはないしょだよ」

花世が笑う。

ところがその城右衛門が、意外に早く、八つころに戻ってきた。

「やあ、はねっかえり姫、今日はおとなしくしておったか」

お師匠さまこそお早いお戻りで、お加減でもお悪いのですか、と花世が切り返す。

「馬鹿を言え、おまえさんのことが心配で、おちおち江戸見物もできぬわ。こんなことなら精進の菜で我慢して、青松寺におとなしくしておるのだった」

「田能村さま、ひいさまがご退屈のご様子ですから、ごいっしょに江戸見物をなさって下さいませ。ご案内は吉蔵がいたします」

すかさずお時が切り出した。

「よかろう、小人閑居《しょうじんかんきょ》してなんとやら言うからな」

「それでしたら、いまからお供いたしとうございます」

花世が言い出したので、

「いまからだと」

城右衛門が呆《あき》れ声になった。

「日が暮れかけますとまたお時が気を揉みます。いまでしたら六つまでには戻れますゆえ」

「それはよいが、この時刻からどこに行く」

「わたくしは、こんなに近いのに、まだ愛宕さまにお参りしたことがありませぬ。一度山頂からお江戸を見渡したいとかねがね思っておりました」

「ははあ、ついでにおれを青松寺に追い返そうという魂胆《こんたん》じゃな。よいよい、おまえさんがその気ならばすぐに出よう」

城右衛門が、からからと笑った。

お時が唖然《あぜん》として口も挟めないでいるうちに、花世はすばやく例の若衆姿に着替え、お待たせいたしましたと師をうながした。

愛宕山下まできて、ここからが難所じゃと、城右衛門が石段を見上げる。

八十六段の石段は、大猷院《たいゆういん》家光さまの御前で間垣平九郎という馬術の達人が馬に乗って駈け上がったという伝えがあるが、とんでもない話で、自分の足で上がるだけで男でさえ息を切らす。

「おまえさんなら大丈夫じゃろ」

言い捨てて城右衛門が、さっさと石段を登り出した。

花世と吉蔵も、城右衛門のあとから軽やかに上がる。下りてくる人々がびっくりしたように足を止めて見送っている。

なんなく八十六段を登り切った。

さすが頂上からの眺めは絶景である。果てなく広がる江戸の町々ばかりか、品川の海のかなたに富士が望め、江戸の浦の向こうは安房上総《あわかずさ》の岬まで見渡せる。

「ううむ、たしかに江戸一の景じゃ」

城右衛門が四囲を見まわし、感に堪えている。

「江戸へきてもう五年にもなりますのに、どこへも出たことがありません。お時がお師匠さまとごいっしょに江戸見物をさせていただいたらと申しましたので、それなら愛宕さまに登れば、お江戸が一遍に見られると思いつきました」

言いながら眼下に目を落とし、

「ご覧、吉蔵、昨日行った有馬さまのあの長い塀が見えるよ」と指さす。

西の方には、陽《ひ》が傾きかけている。

「まあなんて夕陽がきれいだこと。どこもかしこも薄い橙色に染まって――。お江戸がとてもやさしい町に見えるねえ。筑波のお山も藍色で、ほんとに美しい。お城の櫓は、こんな高いところから見ても、まだ高いのだねえ」

――あれが浅草川でその手前が矢のお蔵、あのお山は上野寛永寺、その下の大きな池が忍ばずの池、真ん中の森は弁天島なんだろうか、まだ行ったこともない、といちいちに指さし、小娘のようにはしゃいでいる。

「江戸がこれほど一遍に見渡せるのなら、もっと早く登っておけばよかったねえ、吉

蔵」と言うと、こんどは南の方に身体を向け、

「あ、柳庵はあそこだ、手前に表御門の大屋根がのぞいているのが大村さまのお屋敷、その隣が秋月《あきづき》さま、向こう角は有馬左衛門守さま、考えてみれば、柳庵のまわりはみな西国大名のお屋敷だったねえ」

吉蔵が、そろそろお下りにならないとお時どんが気を揉みますと、催促する。

花世は吉蔵の言葉など耳にも入らぬように、

「お師匠さま、お江戸はほんとうに広うございます。さぞいろいろな人が暮らしておりましょう。それぞれ自分の大切なものを抱きしめ、日々の活計《たっき》に励んでいるのでございましょうねえ」

城右衛門に語りかけた。

「己《おの》れにとってどれほど大切であっても、我を通すため他人を苦しめてはならぬ。それが人の道というものじゃ」

長崎時代から、城右衛門は折にふれこの言葉を口にする。長崎という異国文化の中に生まれ育った花世は、それが日の本の国の精神なのだろうといつも思っていた。

先んじて抜くな、身に危難が迫ってはじめて抜けとの師の戒めも、そのところに発しているにちがいない。

「だが、武士というものは、なかなかそうはいかぬ。ことにご政道にたずさわるとな」

まことに……と、花世は小声で答えた。

「おまえさんの父上正直《まさなお》どのも、そのところで苦しまれたのだ」

めずらしく城右衛門が、しみじみした口調で言った。

それきり二人は黙って、遠くの海を見つめた。

吉蔵がたまりかねたように、わっしがお時どんに油を絞られます、このあたりでお戻りを、と急かし立て、やっと夕陽を背に石段を下りた。

「わしを青松寺に追い返そうと思っているのじゃろうが、その手には乗らぬ。今夜も灘の酒を飲ませてもらうぞ」

青松寺の門前で城右衛門が言うので、

「いえいえ、お時は大喜びいたします」

花世がほほえんだが、

「おまえさんは喜ばぬのじゃな。よいわよいわ」

城右衛門はふて腐れる。

青松寺山門をうしろに、木下豊後守《ぶんごのかみ》さまお屋敷の脇をお堀に向かって歩いていると、花世が、急に足を止めた。

「昨日はなにごとも起こりませんでした。けれど今夜は、どこかで中間殺しの神逢太刀が出ているでしょう。また一人、罪もないお中間の命が……」

「いかぬぞ」

城右衛門が、大声を出した。

「いったいがおまえさんは、身にそぐわぬ出過ぎたことをする癖がある」

真正面から花世を見据えた。

「よいか、おまえさんは医者じゃ。人を救うのは、医術の技によってじゃぞ。ゆめ、剣を頼るな。神逢太刀は吉蔵では防げぬぞ。しばらくは日暮れての外出はならぬ」

花世は、頭を下げた。

そのまま三人は、言葉をかわすこともなく、落ちかかる陽を斜めに受けて堀際を久保町の角を折れ、柳庵に向かった。

七

城右衛門は、迎えに出たお時に、

「舞い戻ったぞ。その代わり湯漬けでよい、菜はいらぬぞ。じゃが酒はあるな」

大声で言う。お時は気色満面、ご用意いたしております、ようお戻りくださいました、と急いで台所に消えた。

着替えを済ませた花世が居間に入ると、お時が卓を調えていたが、城右衛門の姿がない。

支度ができるまで吉蔵どんを相手に一汗かくとおっしゃって、とお時が言う。そんなら拝見にと立ちかかると、たまには男同士がよいとのことですよと止めた。そんなこともあるのかねえ、と花世はしぶしぶ座り直した。

今日は大皿ではありません、とお時が折敷《おしき》を卓に置いている。が、二枚だけである。

「吉蔵さんがこのあたりでお二人水入らずもよろしいのではといいましてね、五郎三郎も遠慮いたします」

「おまえもかえ」

花世が訊くと、

「わたしがおりませんで、どうなります」

給仕はするつもりらしい。

城右衛門が入ってきた。

「やれ、棒を振って人心地がついた。昨日一昨日と江戸見物でつい浮かれ、すでに身体がなまるところじゃった」

どかっと座し、首を突き出して折敷の上を見る。

細魚《さより》のなます、蛤《はまぐり》の杉焼き、あぶり若和布《わかめ》が銘々皿に盛られている。

「ううむ、こたえられんの」

すかさず花世が銚子を取り上げる。

江戸の浦で獲れましたものばかりでございます、長崎とはまた違ったお味がいたします、とお時も機嫌がいい。

大きな塗の椀で熱々の集め汁が運び込まれた。蓋を取ると、一口の大きさに切った大根や人参、牛蒡《ごぼう》、小芋に豆腐などに、煎海鼠《いりなまこ》も入っている。青松寺さまの典座《てんぞ》さまより、お時の腕が上ということをお確かめくださいませ、と花世がほほえんで言う。

禅寺では、食事一切を司る僧を典座というそうで、青松寺の典座よりうまいかもしれぬと、昨夜城右衛門が言ったのだ。

禅寺では飯を食うことも修行の一《いち》じゃでなと、城右衛門はひたすら汁にかかっている。

その代り、あとはお湯漬けでございますよとお時が笑った。

湯漬けも片付け、すっかり満足したらしい城右衛門が、腹を撫《な》でながら大あくびをした。

「腹といっしょにまぶたが重い、今夜は門之助は来ぬのか」

「五つ過ぎるまでお奉行所にいて、なにごともないことがわかってからと申しておりました。どうかお寝《やす》み下さいまし。なにかありましたら、遠慮なくお起こし申します」

花世も奥の居間に引き取り、お時が夜具を調えていると、六助の女房お兼の大声がした。

「お時さんっ」

下働きだから日ごろは台所と裏庭のほかは中庭にも立ち入らないのに、どうしたことか。

「なんだえ、大声で」

木戸を押し開け、お兼が駆け込んできた。

「吉蔵さんが……」

花世はさっと立ち上がった。

「ひどい怪我で……血が……」

お兼はばったり庭に膝をつく。

「五郎三郎をお呼び。客を診る座敷に油紙を敷いて支度を」

言いながら花世は、へたり込んでいるお兼の背を跳び越えるように、裏庭へ走った。

小屋の前で、六助が吉蔵を抱きかかえていた。地面に黒い血だまりができている。

「すぐに表の間へ」

「こ、これしきの傷、ひいさまのお手をわずらわせるほどのことはありやせん。お兼どん、よけいなことを……」

左の耳の上半分がちぎれて垂れ下がり、左の頬には深く真横に切れた傷がある。顔から肩へ、血が月明かりにどす黒く光って滴《したた》り続ける。

「耳が取れかけているではないか。六助、早く」

「なあに、耳の一つや半分──」

「おろかなことをお言いでないっ」

花世が声を荒らげた。

「おまえ、蘭方外科の奉公人であるのを忘れたのか」

はっとしたように吉蔵がひるんだ。

六助が、肩を貸す。

納戸の前に、城右衛門が立っていた。

「──やられたか」

吉蔵は城右衛門を仰ぎ、頬を歪《ゆが》めて照れくさそうににやりと笑った。

客を診る座敷に、お時が燭台を二本持ち込んでいる。花世が、あと二本、と声を高くする。小女《こおんな》の菊が両手に燭台を持って来ていた。

すかさずお時が灯を移す。

五郎三郎は、医療具と水薬、油紙、葦《あし》の簾《すだれ》などを用意している。

「お時、熱湯を」

お兼どんが沸かしております、と答える。

吉蔵を柿渋を引いた紙の上に横向きに寝かせ木枕をあてる。

五郎三郎が、流れ出る血を受けるために吉蔵の首の下に簾を敷いた銅《あかがね》の皿をおいた。

晒《さらし》を裂いて血を止めながら、温めた焼酎で傷口を洗う。襷《たすき》で袖をからげたお時が、焼酎の瓶を冷めぬように湯に入れなどして、気丈に介助する。

雨水のように流れ出ていた血の量が、次第に少なくなってきた。その様子を見ながら、五郎三郎が蠟《ろう》を引いた麻糸を針に差し、花世に手渡す。受け取って、針先をよく火にかざしてから、少し痛むよ、と吉蔵に声をかけ、頬の肉を刺し貫いてちぎれた耳を縫いつけ始めた。

吉蔵は、うめき声ひとつ洩らさず、じっと動かない。一針ごとに糸を切り、耳の後ろで結ぶ。五郎三郎が鋏を取って短く糸を切り、裂いた晒で血を拭う。花世は、三針縫って針をおいた。

五郎三郎が、玉子の白身を晒木綿に浸している。その上に水で薄めた酢を含ませた布を重ね、縫いつけた傷の上に乗せる。

その間に花世は、頬の切り傷を同じようによく洗い、細かにした白兎《しろうさぎ》の毛に秘伝の乳香をつけて血を止めてから、これは縫わずに、椰子油《やしあぶら》を、と五郎三郎に声をかけた。玉子の白身に混ぜて晒に含ませ、傷に当てる。

様子を見ながら、水戸さまの薬油を、と言う。

水戸さまの薬油とは、水戸中納言さまのお小姓衆の傷に妙効があったところから呼ばれている処方の薬油で、痛み止めのアネティネ（あひる）、熱を引くカモメリ（野菊）、ロウリイニ（つついの実）、ナアカラ（丁字《ちょうじ》）それぞれの油を合わせ、さらに、筋のためのテレメンティナ（樅《もみ》）、ヱネペレ（そなれ松）の油を少量加える。熱を引くテレメンティナはよく用いられるが、阿蘭陀とわが国では木の種が少し違うという。さらにヘイダラ、スクシイネの油を加えるのが蘭方の処方だが、ヘイダラは天竺《てんじく》の獣の腹にできる石というので、柳庵では用いていない。しかし高価なスクシイネ（琥珀《こはく》）を、今宵は惜しまずに加えた。

晒《し》に染ませた薬油を傷に当てて包帯を巻く。

一時《いっとき》ほどかかって治療を終えると、和漢の処方の薬湯《やくとう》を飲ませて五郎三郎を見守りに残し、次の間に引き取った。

「金創を扱わぬお前さんにはとんだ腕試しだったろうが、まず、命にかかわらなくてなによりだ」

待っていた城右衛門が言う。

「わたしが、悪かったのです」

花世が唇を嚙んだ。

「うむ。お前さんなら、まちがいなく殺《や》られていたな」

そこへ、門之助が声もかけず襖を引き開けた。

「ひいさまっ、ご無事で……」

振り向いた花世が、吉蔵は薬が効き始めれば眠ります、あちらへ、と促し、城右衛門とともに客間へ移った。

花世はだまりこくって膝を見つめている。

城右衛門も腕組みしたまま、なにも言わない。お時が襷をはずし、お茶をご用意してまいりますと立った。

仕事柄このような場に慣れている門之助が口を切った。

「本日も何事もございませんでしたとお知らせに上がったところでございました、いったい、どこで……」

「有馬左衛門屋敷と秋月佐渡守屋敷の辻だと言ったそうじゃ」

門之助が目を剝く。

「柳庵さまの目の前ではありませぬか。お使いの帰りにでも遭遇してしまいましたか」

問い返したが、花世は答えない。城右衛門が苦い顔で、

「親分が勝手に出て行きおったのだろう」

「勝手に、……」

「わしはここに居続けてこのはねっかえりを見張るつもりでおったが、親分は一日でも早く片を付けたかったんじゃろ」

「――どういうことで、ござりましょう」

門之助が眉を寄せる。

「わしも腕っぷしならちっとは人に自慢もできるが、こっちのほうは」と頭を指し、

「人並みか悪くするとそれ以下じゃ。そこへいくと吉蔵は、隼《はやぶさ》と呼ばれて西国一帯を

股に掛けた男だ、腕も頭も並みではない。つい、中間相手の神逢太刀くらいはとっつかまえられると思ったのじゃな」

「神逢太刀が出現する場所が、吉蔵にどうしてわかるのでございます」

「頭の悪いわしにでもわかるのは、三日とも屋敷町の角、それも番所のない辻で中間が殺されたということじゃ」

「それくらいのことは、奉行所でもわかっておりまする。ですが、番所のない大名屋敷の辻は、江戸中に何百か所もありまする」

「おまえさんもわしとどっこいどっこいじゃな。奉行所がそのような頼りなさだから、吉蔵がこういう目に遭うようなことになる」

門之助は気色ばんだ。

「仰せの通りわたくしは愚か者でござります。ですが奉行所は探索に手を抜いてはおりませぬ。非番の者までが昼夜休みなく働いておりまする」

「それはそうじゃろ。じゃが、どこかはわからなくとも、なぜ辻かということくらい、わしにもわかるぞ」

「な、なぜでございます」

門之助が苛立《いらだ》つ。

「みな、左の首筋を十字に切られておる。返り血をさして浴びずに的確に血脈を刺すには、四つ角に隠れ、出会い頭に切りつけるのが唯一の策じゃ。角をえらび月の出をはかれば、相手の影は見えるが、おのれの影は相手には見えぬ」

門之助は息を飲んだ。

「なに、兵法序の巻じゃよ」

城右衛門はこともなげに言う。

「神逢太刀はそのような辻に、あたりをつけた中間をおびき出したのじゃな」

「で、では、吉蔵もおびき出されたので……」

「そんなわけがなかろうが。親分が先まわりして待ち伏せした」

「待ち伏せ、とおっしゃると、吉蔵は今夜中間が呼び出される場所を……」

門之助の言葉が、途切れた。

「このところ二、三日このはねっかえり姫に引っ張りまわされ、神逢太刀が現れそうな辻のあたりがついたのじゃろうよ」

「なんですと」

色をなして、門之助が膝を乗り出した。

「ひいさま、なぜにお教え下さいませぬ」

「私はまるでわかりません。ですから門之助どのにいろいろお調べいただいているのです」

花世が、固い顔で答えた。

「いくら問いつめても無駄じゃよ。常々ひいきのおぬしにさえ教えないのだ、こうと決めたら釈迦が還俗《げんぞく》しようとも変更《へんが》えしない気性は、おぬしも前々から承知していようが」

門之助は、答えない。

「首筋を狙ってくることはわかっているから、吉蔵のやつ、瞬時に背をかがめて急所をはずした。それで耳を削がれ、横に頰を切られたのじゃろ」

門之助は、宙をにらみ据えている。

「近ごろ江戸に限らず博打場のご禁制はことのほかきびしいようじゃ。大名屋敷の中間部屋は、隠れ賭博に格好の場ゆえ、負けで首がまわらなくなった渡り者を釣り上げ、金を貸すと言っておびき出しているのだろう」

みな、黙っている。

「はねっかえりには、神逢太刀をどうこうしようなど思い上がったことを考えてはならぬ、吉蔵では防げぬゆえ、夕刻は外出するでないと申し渡した」

花世は身体を固くして、うつむいている。

「おそらく吉蔵はそれを聞いて、囮《おとり》になろうと思ったのだろうよ。思惑《おもわく》通りまんまとやられたのは気の毒だが、吉蔵の答が正しかったという証《あか》しになる」

門之助が花世ににじり寄って大声をあげた。

「花世さま、それほどにこの門之助は、いえ、奉行所は頼りになりませぬのかっ」

「これ落ち着け、おぬしらしくもない」

城右衛門がたしなめる。はっと気づいて、門之助が深々と頭を下げた。

そこへお時が、大きな盆に茶碗を載せて入ってきた。

「とっておきの紅梅茶でございます」

おおと応じて、城右衛門が早速に茶碗を手にする。あざやかな赤い色の渋みのある茶で、たいそう香り高い。長崎では珍しくはないが、江戸ではほとんど手に入らない。

「殿さまは、お役所でも、ご思案にあまることが起こると、紅梅茶をと仰せられたと承っております。口中が爽《さわ》やかになり、物事の筋目がすっきりと見えるようになると……」

しかし、門之助は茶碗に手も触れず、あらぬ方を睨《にら》み据えている。城右衛門は門之助の様子を横目で見ながら茶を飲み干し、

「おぬしが苛立つのも無理はない。吉蔵が謎を解いて酷《ひど》い目に遭ったというに、町方役人は解けずに手を打てなかったというのじゃからの」

突然、門之助が一礼した。

「ご無礼仕りました。本日はこれにて下がらせていただきます」

止める間もなく座を立った。

城右衛門は、門之助の前に置かれていた茶碗を取り上げ、

「やれやれ、お時どん心入れの紅梅茶も飲まずに帰ったな」

がぶがぶと飲み干してしまった。

「まことに、この渋みが脳髄を刺すようじゃ。正直どのが難局にあたって望まれたというのは、ようわかる」

「ひいさま、少しお寝みなさいませ、今夜は五郎どんが吉蔵さんに付ききりでいると申しておりますから、なにかあればすぐにお起こしいたします」

お時が言った。

「そうじゃよ、慣れぬ金創の手当で気が張ったろう、寝むがいい、なに、吉蔵は代わり合って見守る」

城右衛門も声をかける。

花世は、案外と素直に城右衛門に挨拶し、座を立った。

居間に入るとすぐにお時が真正面から花世の顔を見た。

「ひいさま、これ以上ご自分をお通しになれば、吉蔵さんに次いで、田能村さま、片岡さまと、みなさまがひいさまをお守りするため、お命をかけられることになるのは、おわかりでいらっしゃいましょうね」

「でも、もしもわたしの考えがまちがっていたら、門之助どののお奉行所でのお立場が……」

「それほどに大ごとでございますなら、なおいっそう、お上《かみ》のお力をお借りになるのがあたりまえでございます。まず、お時にお話しになってみて下さいまし。なにを伺っても驚きません」

「実は……」

言いかけたところへ、

「吉蔵さんが目を覚ましました。痛いらしいのですが、やせ我慢をしておるようで」

五郎三郎の声がした。

「やせ我慢ができるくらいなら、眠り薬はそれまでとしておこう。ちょっと行ってみよう」

残されたお時は、ため息をついて夜具の支度を始めた。

吉蔵は花世の姿を見ると、ぶざまなこって、申しわけございません、と起き上がろうとする。

「じっとしていないと、耳がまた取れるよ」

花世は、五郎三郎を振り返り、

「耳の傷は流れ出る血が多い、柳庵まで跡が続いているかもしれない。夜が明ける前に砂をかけて消すように、六助に言っておくれ。お前は少し休んで、九つころにまた代わってくれればいい」と言いつけ、

「おまえがこんな目に遭ったことで、私の突飛《とっぴ》な考えが正しかったことがはっきりした」

深い吐息をついた。

吉蔵が、そうお考えいただけるなら、と包帯の間から笑ったつもりが、つい顔が歪む。

「愛宕山の戻り、お師匠さまにしたたかに叱られたが、ほんとうにわたしは、思い上がっていた……」

吉蔵は首を振ろうとして、また眉をしかめた。

「いま顔を動かしてはいけない。痛みと熱を取る薬を五郎三郎が持ってくる。それを飲んで朝まで辛抱しておくれ。私がここにいるとつい口を利く、お時を寄越そう」

そこへばたばたと足音がして、襖が開き、お時が膝をついた。

「なんだえ、夜中屋敷内を走って」

「もうしわけありません。門之助さまが戻られ、ぜひにお詫びを申し上げたいと言われるものですから――」

そんならおまえ、ここにいておくれと言って、花世は客間に向かった。

廊下に座していた門之助が平伏する。

「さきほどのご無礼、一言お詫びを申し上げたく……」

花世はいえいえ、と首を振った。

「思い上がるなとのお師匠さまのお言葉を、未熟の身でおのれの技を恃《たの》んではならぬとのお叱りとばかり思っていました。吉蔵が手を負ってはじめて、みなさまになにも言わず、ひとりで片付けようなどとしたのは、なんという思い上がりだったかと、ただ悔いるばかりです……」

門之助は、手をつかえたまま、花世を仰ぎ見た。

八

翌朝は、久しぶりに細い雨の糸が、芯の目立つようになった梅の花の上に、静かに落ちかかっている。

夜明け前に吉蔵を見舞ったが、痛みはかなりあるようで、腫れも引かないが、熱もそうは高くなく、膿んでくる様子がないのがなによりで、五郎三郎に膏薬《こうやく》を替えさせ、ほっとして居間に戻って、そのまま書物を読んで朝を迎えた。

朝の膳を運んできたお時が、なにごともなかったように、けっこうなおしめりでございますね、土埃《つちぼこり》が立たなくて助かります、と言う。花世はうなずいただけで、黙って箸を使っている。お時も強いて話しかけない。

茶を持って来た五郎三郎が、吉蔵さんにも飲ませてようございますかと尋ねる。

「血も止まったようだから、少し飲ませておくれ。身体が鍛えてあるから、傷のつきも早いね」と言って、今日もしっかりお客のお相手をしよう、と立ち上がる。

いつもの通り八つ過ぎに奥に戻り、お師匠さまはまたお出かけかえとお時に訊く。朝を召し上がるとすぐに蔵にお入りになり、二時《ふたとき》もおけいこなさっていらしたようですが、いまは表書院で書物をお読みですと答える。

「今日は浜松屋さんのご隠居さまの膝の様子を見に行くことになっているはずだが、吉蔵からいま少し目が離せない。五郎三郎には、川内さまのご様子を見にいかせなければならないから、ご苦労だけれどおまえ薬を持って行って、手が放せない怪我人をあずかっているので、変わりがなければあさってにでも行こうからと言っておくれ」

お時に言いつけ、朝から読んでいた書物をまた手に取った。

雨は降るともなしに降り続いている。

門前に、蹄《ひづめ》の音がした。

「頼もう」

甲高《かんだか》い声である。五郎三郎が、お若いお武家さまのお客人が、と取り次いで来た。おかよちゃんを抱えてきた若殿だろう、と出て行くと、案の定式台前にあの若い侍が立っている。従者はいないようだ。

「先だっては、存ぜぬこととは言いながら、ご無礼仕りました。前《さき》の長崎奉行黒川正直さまご息女と知り、お詫びに参上いたしました」

頬を紅潮させて身体を折った。

花世は式台の端によって、手をつかえた。

「たしかに父与兵衛は、生前長崎奉行を勤めておりました。ですがわたくしは町医者、あなたさまは勘定頭のご嫡男《ちゃくなん》で上様お側にお仕えのご身分、ご無礼はこちらでございます」

「当方の身分をご存じでしたか」

若い武家が目を見張る。

「ご家紋から推察いたしておりました。奉公人が若殿のお顔を存じていたようです」

「まことに……無作法でありました。ご寛恕《かんじょ》下さい」

もう一度ぺこりと頭を下げた。

「先日、わざわざ御家来衆がおみえになり、女児へ見舞いをおあずかりいたしました。この件はこれにてご放念なさいますよう」

「いえ、そのことではありません」

若い武家は大きく首を横に振った。

「わたしはぜひとも長崎のことを知りたく思っているのです。が、父はご用繁多とて、滅多にわたしと顔を合わせることもありません。花世どのは、かの地で長く過ごされたと聞きました。ぜひにお話を承りたく、本日はそのお願いに参上いたしました」

それだけ言うと一礼して、くるりと背を向け、小走りに門を出ていった。すぐに蹄の音がして、馬が走り去る。

半時もしないうちにお時が戻ってきて、大変でございます、と息を切る。

花世は、ぱたりと書物を閉じた。

「ご隠居さまが、どうかしたかえ」

「いえいえ、ご隠居さまはぴんぴんしておいでです」

「脅かすんじゃないよ」

花世は、胸をさすってみせた。

「兼房町の木戸番が、ここらあたりに神逢太刀が出たという噂がある、暮れたら外へ出るなと番所からお触れが出たと……」

だが花世は、そうかえ、とだけ言って、また書物に目を落とした。

「よろしいんですか、門之助さまは、このことは口止めしてあるとおっしゃっておいでをしたでしょう」

「きっと、お奉行所のお考えが変わったのだろうよ」

花世は書物から目を上げずに言う。

「ひいさまは、まだそのような……」

お時が、深く吐息をついた。

「田能村さまは、ひいさまをお止めできないならと、今夜にもおひとりで神逢太刀退治にお出かけになるおつもりなのが、おわかりにならないのですか」

長《なが》の年月に聞いたこともない、きびしい声で言う。

「田能村さまは、剣の達人でいらっしゃいます。ですが相手は、神逢太刀でございましょう。田能村さまにもしものことがおありでしたら、ひいさまはどうなさるおつもりです」

「――昨夜、門之助どのに、神逢太刀の一件は世間に伏せておくとかえっていつまでも続くのではということは、お話しした」

花世は、下を向いて答えた。

「たしかに門之助さまは奉行所与力でいらっしゃいます。ですが、お一人の与力にお話しになっただけで、どうして今夜から出ないと言えるのでございます。どうかひいさま、田能村さま門之助さまにお話しなさって下さいませ」

お時が詰め寄る。

「よう言った」

声とともに襖が引き開けられた。

城右衛門が敷居際に突っ立っている。ずかりと座敷に入ると、花世の真ん前に、どしんと座した。

お時が一礼して、立とうとすると、顎《あご》でそこにいろと示す。

「昨日も言い聞かせたはずじゃ。思い上がってはならぬぞ。人を助けよとの天の命を受けておるのは、医者としてではないか」

「どちらも……未熟者でございます——」

花世の声が、小さくなった。

「日没が迫っておる。性根を据えて答えよ」

城右衛門は、木刀を構え対峙《たいじ》する時の口調で言う。

「中間殺しを広く世間に知らせねば、この騒ぎは止まらぬとは、いかなることだ」

「そのような……気がいたします」

花世は、いっそう小さな声で答えた。

「気がしたですむことかっ」

激しい叱咤が飛んだ。

「毎夜、中間が一人ずつ殺されるとなれば……江戸の町は恐怖に陥ります……」

花世が、途切れ途切れに答える。

うむ、と城右衛門が腹から声を出して促した。

「それが……神逢太刀の目的ではないかと――」

「なにゆえに神逢太刀は、そのような所業をする」

花世は、お時を見返った。

「木戸番は、中間だけが神逢太刀に殺されているとは、言わなかったのだろうね」

「は、はい……」

お時も固くなって答える。花世は考え考え、

「奉行所は、神逢太刀の真意を知ることができぬまま、こころみに、昨夜ことが起きたあたり、つまりこの近辺の木戸番にだけ触れたのではありませぬか」

「しかしおまえは、神逢太刀の真意を察しておる――」

花世は、真意を察しているなどと、とても、と、

「大名家の……お師匠さまがおっしゃいましたように、大名家の辻に……」

言いかけると、城右衛門がさえぎった。

「わしは辻に神逢太刀の真意があろうなど言いはせぬ。ただ出没する場が辻だと言ったまでじゃ」

「その辻に、神逢太刀の根源があるのではないかと……」

「――ふうむ」

城右衛門は、腕を組んだ。

「場所に意味があるのか」

「もしかすると、殺す相手はだれでもよかったのではないでしょうか。一文無しの渡り者なら、金で釣っておびき出しやすい、それで中間をえらんだだけかと……」

「しかるべき場所で、だれかが殺されることが神逢太刀の真の目的だというのか」

「――あるいは」

「ふむ。神逢太刀があらわれたのはこの三夜で三つの辻、すなわち、茸手町、浅草鳥越、この久保町……」

城右衛門が数え上げる。

「茸手町中川佐渡守の領国は豊後竹田、鳥越佐竹は秋田じゃ。ここ大村因幡守は肥前、秋月佐渡守は日向《ひゅうが》……」

花世がうなずく。

「待てよ」

城右衛門が、大きく目を見開いた。

「鳥越佐竹屋敷の辻で殺された中間は、松浦肥前守の奉公人だと言ったな」

「はい」

「松浦はいうまでもなく肥前平戸じゃ、そうなると中間殺しは、すべて西国大名にかかわりあるといえる」

吉蔵が傷を受けたのは有馬さまお屋敷の辻、ご領国は日向、以前は肥前日野江のご領主でしたと花世が言う。

しばらく黙していた城右衛門が、

「神逢太刀はなぜ、一昨日は出現せなんだ」

自らに問いかけるように言い、うむ、と顎を引いた。

「おまえが一昨日出かけた芝三田一円は、有馬本家の筑後久留米二十一万石はじめ、西国大名の屋敷が集められている」

花世を見返って、

「ひょっと、おぬし、三田で神逢太刀に出会いはせなんだか」

「ま、まさか」

お時の顔が青ざめた。

「神逢太刀かどうか、しかとはわかりませぬが、松平主殿さまお屋敷の隣の、春日大明神の石段脇の木立ちの陰で、なにものかが窺っている気配がいたしました」

「すると、こうか。神逢太刀は一昨日の夕刻、三田にいた。ところがおまえさんがあられた。ゆえに、凶刃《きょうじん》を振わなかった、となれば、神逢太刀は、おまえさんを見知っていることになる」

「ひぇっ」

お時の声がうわずった。

城右衛門は座り直した。

「こうしておる間も時が過ぎる。西国大名はまだまだ多い。今日出るとすれば、どこじゃ」

しかし花世は、意外に落ち着いて、

「今宵は、出ぬのではありませぬか」と言う。

城右衛門はちょっと考えていたが、

「なるほど辻と月影を使うのであれば、雨の宵は出まい」

よし、と大きくうなずいた。

「柳庵は吉蔵がやられて手薄になっておる。一晩の猶予はありがたい」

座り込んで顎を上げ、宙を見据えているお時を見返って、

「これよお時どん、飯の支度はぬかりなく頼むぞ。ここにおれば神逢太刀は襲わぬから安心しろ」と笑った。

「は、はい、いえもう、田能村さまがおいで下さいますゆえ、柳庵は江戸一安心でございます」

お時は、急に威勢がよくなって座敷を出ていった。

九

お時が出て行くと、城右衛門は、

「なぜにおまえは、奉行所が動く前に自分一人で中間殺しを止めさせようなど大それたことを考えた」

改めて花世を見据えた。

「屋敷の辻々で連夜変事が起こると知れれば、諸大名は、西国大名の辻に限るとは思わず、番所の警護を強めます。神逢太刀は現れにくくなりましょう。もしも生き残った切支丹信者が、残虐な処罰を江戸市民に思い起こさせるために、恨みある西国大名の屋敷の辻を選んで人殺しをくり返しているのであれば、江戸中に噂が拡がったところで止めるかもしれませぬ」

常の花世に戻って、しっかりと答える。

「ですが、ただそれだけのために、いかに渡り中間といえ、危ういわざをくり返してかかわりない人間を殺すものかどうか、いまもって決めかねております」

うむ、と城右衛門が顎を引く。

「ただ、私が怖れておりますのは、もしや神逢太刀は、江戸中に大変を起こすつもりなのではないかということでございます」

「なに、江戸中に大変をとな」

城右衛門は大きく息を吐いた。

「ううむ、あり得ぬこととは言えぬ」

「まったくの妄想かもしれませぬ。それゆえ門之助どのには申しにくく……」

「妄想ではない」

城右衛門が断じた。

「妄想ではないぞ。東照神君天下分け目の関ヶ原合戦以来、徳川は西国大名を外様と位置づけ、いまなお心を許してはおらぬ。西国に切支丹大名が多かったことも、大きく作用しておろう。改宗した切支丹大名は、先祖より受け継いだ領国を保つため、信者の摘発を求める幕府の強大な圧力に屈し、領民を犠牲にした……」

花世が、唇を嚙みしめた。

「西国大名屋敷の辻々で、十字に傷つける殺しが連夜繰り返され、そののちにたとえば同じ西国大名の屋敷近辺で出火が続くとすれば、江戸は流言飛語《りゅうげんひご》の坩《る》堝《つぼ》となり、不信と恐怖が渦巻いて、幕府は収束の手段を失う。加えて西国大名は、幕府に陥れられたと徳川家への疑心を深めよう」

「……はい」

「非常に備え、江戸は城を旗本屋敷で囲み、その外側に、譜代外様双方の屋敷を入り組ませて置いている。その配置を逆手にとれば、江戸中の随所で同時に騒動を勃発させるのは、なんないことであろう。大坂落城の折、罪なき町民が陥った悲惨な状況が、たちまちにこの江戸で起こるのじゃ。江戸の騒乱は直ちに諸国に及び、天下はふたたび乱世となるは必定」

「その恐ろしい事態も、たった一人の手で起こし得るのでございます」

花世が、つぶやくように言った。

「ほんとうに一人の業と思うか」

「どの辻の殺しも、まったく同じ手口でなされています。吉蔵が常々、悪人というは、手口を変えることができぬものだともうしております。それゆえ捕らえられるのだと」

「なるほどな」

「その上、いまのところ、一夜に二ヵ所で起こってはおりませぬ。ゆえに、一人のしわざと存じます」

「だが、そこまで大それた謀《たばか》りを、ただ一人で企み得るものであろうか」

花世は、一呼吸の後、

「——ひとりではありますが、無限に大きな力を持つものの意思であると信じておりましたなら……」

「無限に大きな力……」

城右衛門が、つぶやいた。

「切支丹として捕らえられた人々は、耳をそがれ鼻を切られ、指を折られ、石灰を身に塗られて遠火に焙《あぶ》られる責めに耐え、殉教の歓びの中で昇天の時を待ちました」

花世は淡々と続ける。

「女たちは衣服をはがれ、籾《もみ》や杉葉を詰めた俵に押し込まれたり土中に埋められたりしたのち辱めを受け、斬首や火刑に処せられたと聞いております。それほどの責めを受けても転ばぬのは、大いなる力と一体になる歓びを信じていたからでございます。これでは、捕らえたものにどれほど残忍な刑を与えようとも、見せしめにはなりませぬ」

「それどころか、いっそう信者を増やすことにもなりかねぬ」

「さように思います」

「民が、主も親をも超える力があると信じていては、武家政治は保《も》たぬ。源平以来の五百年に及ぶ戦乱を終息させ、ようように築き上げた泰平の世を守るためには、いたしかたないといえば言えるのじゃが……」

城右衛門は、嘆息した。

「奉行所は、殺しの傷跡が十字であることは知っておる。が、西国大名の屋敷の辻をえらんでの殺しとは、まだ気づいていない。知れば直ちに大目付が兵を繰り出して辻々を守り、なんとしても捕らえようとするであろう」

「それゆえに、十字の殺しが世人の口に上り始めれば、神逢太刀はただちに次の手段へ走りはせぬかと……」

城右衛門は、立ち上がった。

「ともかくも、明日の急場をなんとかせねばならぬ」

雨は降りつづいている。あたりはもう薄暗い。

「よい塩梅《あんばい》に降っておる。が、もしも今宵、いずこに神逢太刀が出現しても、あきらめるのじゃぞ」

花世はうなずいた。

「なんにしても、腹が減っては戦さができぬ。お時どんの腕を試すのが先じゃて」

二人は居間を出て吉蔵を見舞った。五郎三郎がついている。吉蔵は起き上がった。

「無理するでない。万一にでも予後が良くないと、この姫がはねっかえりらしゅうもなく、ひどく自らを責めるからの」

「ひいさまのおかげをもちまして、耳無しにならずにすみました」

「それはなによりじゃが、この姫の言うことを聞く耳はない方がよいぞ。いちいち聞いていたらたまったものではないからな」

城右衛門は安堵の笑いを残して座を立った。

夜食をすませると城右衛門は、

「お時どん、紅梅茶はまだあるか、門之助がきたら、また相伴《しょうばん》にあずかりたい」と注文する。承知いたしましたとお時が下がると、

「親分が動けぬのは痛いぞ。わしはおまえさんのお守りで手いっぱいになるかもしれぬ。といって、奉行所与力は使えぬ。それにここだけの話じゃが、門之助を供させても、こちらの面倒が増えるだけのことじゃからな」

花世は、お気の毒にそのような、とやっと笑顔をみせた。

片岡さまがおいでになりました、今宵は、なにごとも起こりません由で、とお時が言いに来た。呼ぶより譏《そし》れじゃと、城右衛門が頬を緩めて立ち上がる。

紅梅茶を運ばせて一時ほど、六助が客間前の庭に呼ばれた。すぐに外に出ていったが、半時もしないで編笠を深く着た男が裏門から入り、座に加わった。

花世が居間に戻ったのは、四つ半を過ぎていた。

お時が、心配そうに待っている。

「無茶するなと、お師匠さまに懇々と諭された。今夜はゆっくり寝むよ。おまえも昨夜はあまり寝ていないだろうから、早くお寝み。吉蔵は大丈夫だから、五郎三郎にも寝むよう言っておくれ」

かしこまりましたとお時が下がっていくと、花世は、床の刀掛から脇差を取り下ろして鞘を払った。

父正直遺愛の差添《さしぞえ》、波《なみ》の平行安《ひらゆきやす》の名刀である。

灯りにかざす。

打ち返し打ち返し、じっと刃に見入っていたが、静かに鞘に戻し、目釘を確かめ、目の高さにかかげて拝礼したのち、刀掛に戻した。

十

雨は夜のうちにあがっていた。庭の土がしっとりと濡れている。

お時が、昨夜はなにごともなく、ほんとうにようございました、吉蔵さんも痛みもほとんどないそうで、お許しをいただければ今日にでもいつもの通りにと申しておりますと言う。

「せめて今日一日は骨休めと思って勝手をしているように言っておくれ、わたしも午からはゆっくりしよう」と答え、花世は表の間に出ていった。

小昼《こびる》のあと、茶をもってきた五郎三郎が、今日はどこのお宅にも伺う予定はございません、吉蔵さんの傷は、よい具合に肉があがってきました、と言う。

「それはなによりだ、けれど薬湯はちゃんと飲むように見張っていておくれ、膿んでくるかもしれないからね。それから川内さまには、今日もおまえが顔を出しておくれ」と言いつけて、花世はそのまま居間にこもり、江戸図を引き出して熱心に見入る。

一時ほどしてお時が、お奉行所の片岡さまからのお使いがこれをお届けにまいりました、と紙包を持ってきた。帳面が一冊入っている。花世はさっきから出してあった江戸図と帳面とを引き比べ始めた。

お時が西国大名の屋敷をお調べですか、と心配そうに訊く。

「もう、ひとりで無茶はしないよ」

花世がほほえむ。

お時は、さようですか、と疑わしそうに言ったが、それだけで下がっていった。

花世は、半紙になにか書き付けては考え込んでいたが、床に置かれた土圭《とけい》が、ちんと音を立てて七つ半を知らせると、立ち上がった。

表の間に行き、吉蔵を見舞う。

あすの朝から式台に出ますと言う吉蔵に、花世は笑って、

「蘭方外科の奉公人が顔に大きな繃帯《ほうたい》を巻いていてどうなるえ。当分表は五郎三郎に任せて、奥の仕事を頼むよ」と言い、そこにいたお時に、いま少ししたら奥に来ておくれと声をかけ、居間に戻った。

ひとりでいつもの若衆姿に着替える。入ってきたお時が、

「ひいさま、またそのような……」

顔を引きつらせた。

「お時、おまえが長崎で奉行所の別宅のわたしのところに来てくれたのは、たしかわ

たしが六つの時だったね」

　花世はお時の言葉にはとりあわず、急に昔のことを言い出した。気勢をそがれたお時は、

「さようでございますよ、お乳母さまがお下がりになることになって、ご老女さまだけではというお話で、お遊び相手に上がりました。おちいさいひいさまの、まあお可愛いかったこと、こんな姫さまのおそばに仕えられるなんて、ほんとにしあわせだと思いました」

　つい、口もとがほころびる。

「それならそのころお父上が、どんなことにお心を苦しめておいでだったか、覚えているかえ」

　お時は急に固い表情になった。

「奥勤めの十五や六の小娘に、表方のお仕事での殿さまのお心がわかるはずございません」

「わたしが、そのころの長崎奉行がなにをなさねばならなかったのかを知ったのは、父上が帰府され、ひとり残って蘭方の修業に出島に行くようになってからだった……」

花世は立ち上がって、刀掛に手を伸ばした。

「ひいさま……」

お時が花世の袂《たもと》を摑《つか》んだ。

「お時、今夜一夜だけ見逃しておくれ。わたしは、前長崎奉行の娘として、いま、やらねばならぬことがある」

お時は、花世の袂をはなし、手をつかえた。

「亡き殿さまのお心をお察しゆえにお出かけになるとおっしゃるのでは、お時はお止めすることはできません。ひいさまのお身は、殿さまがお守りくださいましょう」

「礼を言うよ」

入るぞ、と城右衛門の声がした。

「おお、お時どんもいたか。はねっかえりをしばらく借りる。なに、心配は要らぬ。門之助も承知じゃ」

「くれぐれも、お願い……申し上げまする」

お時は涙声で深く頭を下げる。

「子ども時分からこの姫は、遊びであってもおのれが納得ゆくまで突き進まねば気がすまぬのは、おまえさんも重々知っていようさ。お守りの褒美に、今夜も夜食は張り込んでくれ」

お時は、承知いたしましたと、泣き笑いの顔を上げた。

「ちょいとこの姫と談合せねばならぬことがある。せっかくめしの支度にはげめよ」

お時が下がると、城右衛門はどかっと座した。

「見当はついたか」

「すべてはっきりいたしたわけではございませぬが――」

さっきから書いていた紙を拡げて筆先で指すと、ふむふむ、と城右衛門が覗《のぞ》き込んだ。

十一

暮れ落ちる少し前、編笠に袴を着けた城右衛門と、若衆姿の花世が柳庵を出た。表門まで出たお時が、いつまでも見送る。

なにやら細長い包みを抱え、久保町の角に立っていた尻端折《しりつぱしよ》りの中間が、二人に礼をしてあとに従った。うち見たところでは、五、六百石の旗本が、小姓と中間を供にして私的な他出をする姿である。

溜池《ためいけ》際の松平大和守《やまとのかみ》屋敷の角を折れて青山に向かう。

田圃《たんぼ》の中に大小名の下屋敷や旗本屋敷が点在する青山は、町屋《まちや》もあり寺もまた多い。

暮れ六つが鳴った。

氷川大明神の前で城右衛門が立ち止まり、作法にのっとった拝礼をしている。

「二十日月じゃ、だいぶ出も遅うなった」

空を仰いで、城右衛門が言った。

「中間を暁方におびき出すわけにはゆかぬ。せいぜい五つか、半までじゃろうな」

「二十三夜がすぎますと、五つ前に月影を用いるのはむつかしくなりましょう」

「するとあと二、三日か、奉行所が出張らずとも、月のめぐりからも猶予がならぬな」

「はい」

「月が昇る前に下見してまいる。おまえたちはここで待て」

城右衛門が神社の前を離れた。

残されたふたりは、口を利かずあたりに気を配っている。

城右衛門が戻った。

「松平大膳屋敷の向かいは寺じゃ。寺には番所はない。寺門を閉じてしまえば、門前でなにが起こってもだれにも知られぬ。向こう角の鍋島屋敷は大藩ゆえ、門は両番所つきながら、いまは番士がいる様子はない。つまり、あの辻は、たとえ道の真ん中で変事が起きても、直ちに番士が駆けつけることはない」

「参りますか」

ごくりと唾を飲み込んで、中間姿の男が訊く。

「いや、まだ月は上らぬ」

そのまま三人は、氷川明神の鳥居脇の木の陰に佇《たたず》んだ。

あたりが次第に明るんできた。月が上ったのだ。

「わしは鍋島屋敷の裏にまわる。花世は寺の角に隠れよ。市十郎、油断すな」

ふたりはともに深くうなずき、足音を盗むように歩き出した。

鍋島屋敷の隣は寺が四軒並び、寺の裏手は町屋になっている。

花世は、江戸図に長禅寺とあった四軒目の寺の細い路地に身を潜め、月影をさえぎる東側の塀の陰に、身体をすくめて屈《かが》んだ。

鍋島屋敷の辻は、よく見える。

月が高くなれば、急ぎの使いの奉公人くらいは通るだろうが、いまはだれも通らない。大名屋敷は、絶対に外部から侵入されぬよう、塀代わりに家臣の長屋がひしひしと取り囲んでいる。寺の塀は高さ二間はあろうから、並みの人間に飛び込むのは無理だ。

時折、月に雲がかかって、あたりがすっと薄暗くなる。

町屋の方からぱたっ、ぱたっという足音がしてきた。

花世は、脇差の緒に指を掛けようとして、止めた。

──酒を飲んだ中年の侍だ。

耳聡《みみざと》い花世には、足音でおおかたの察しがつく。

着流しに片懐手《かたふところで》のほろ酔いの初老の侍が、長閑《のどか》に通りすぎた。眼前の路地に身を潜めている花世に、まるで気づかない。

雲が切れてまた明るくなった。

ばたばたと駆ける子どものような足音がしてきた。十二、三の丁稚《でっち》が、大膳屋敷の方に駆けて行く。

──家内の病人が急変した。

医者を呼びに走る、花世にはなじみの足音である。あたりまえなら医者と身分を明かして、すぐにも同道するところだが、いまはそれができない。

しばらく人足が途絶えた。

雲の流れが早く、薄闇と月光が短い間に入れ代わる。

やがて、ひた、ひた、という足音が聞こえてきた。

規則正しく、歩速に乱れがない。しかし両刀を手挟《たばさ》んだ武士より軽い。

足音はなんのためらいもなく、花世が隠れている路地に近づいた。

職人風の小柄な男がこともなく通り過ぎ、大膳屋敷の角に消える。

煙草二服ほどの間が過ぎた。

ひた、ひた、ひた――。

おなじ足音が大膳屋敷の角から戻ってきた。歩速も変わらない。だが今度は、路地の手前三間ほどでぴたりと止まった。

花世は息を止め、脇差に手をのばした。

先んじて抜くなとの師の掟は、身の危険を覚悟せねば守れぬ。

脇差に手を添え、花世は路地から走り出た。

瞬間、人影はひらりと舞い上り、花世の真正面に跳んだ。

「あっ」

花世が打ち倒れる。頭巾《ずきん》が飛び、長い髪が地に散った。

人影は倒れた花世をちらと見返り、町屋の裏に一散に駈け去った。

編笠の男が駆け寄った。抱き起こし、えっ、と喝《かつ》を入れる。

うっすらと目を見開いた花世は、あっと声をあげて編笠の腕からすべり抜け、膝をついた。

「も、もうしわけも……」

「はやるなと申したであろう。神逢太刀が加減せねばなんとなった」

花世は胸元を見た。明るくなった月影で、襟に泥がついているのが、はっきりと見える。

「みぞおちの急所を蹴られ、心地を失いました。不覚にござります……」

「まあよい。先に抜いておれば、相手は切られていたであろうからな」

編笠は落ちていた紫縮緬《むらさきちりめん》を拾い上げた。端から一尺あたりのところに、固く手に当たるものがある。

「鉛板を縫い込んであるな。お時の心づかいであろうよ」

花世は、ただうなだれた。

またも雲が、月影をさえぎった。

「市十郎どのは……」

「まさかに、刺されてもいなかろう」

編笠の男は、指を唇にはさみ、短く指笛を鳴らした。

鍋島屋敷の角から、中間姿の男が走ってきた。いつの間にか腰に大小を帯びている。

「ひいさまっ、ご無事で――」

「まず、無事の部類じゃ。今宵はもうなにごとも起こるまい。お時どんの命が縮む前に戻るとするか」

立ち上がった花世は、かぶりを振った。

「猶予はなりませぬ。今宵この場にわたしがいたので、神逢太刀は自らの意図は覚られたと、知ったはずです」

「すれば大事は、明日にも……」

市十郎が急き込む。

「といって、いまここに長居したところでどうなるものでもない。ひとまず柳庵に戻り、門之助とも談合するが一じゃ」

城右衛門が先に立って歩き始める。花世も拾い上げた縮緬の布で頭を裹《つつ》み、あとに従う。

雲はすっかり切れ、月は中天にかかった。

前に落ちる短い影を踏んで、備前町に着いたのは四つに近かった。

十二

門之助が式台から飛び降りた。続いてお時が走り出る。

「ご無事で……」

「頭巾に鉛を縫い込んだおまえさんの機転のおかげじゃよ。まさしく神逢太刀、聞きしにまさる腕じゃな。じゃが姫のお守りはなんとか果たした、約束通り夜食は張り込んだろうな」

客間で、遅い夜食となった。

とてもとても、お夜食に心を遣うことができませんでした、六助が鶏をむしってくれましたので、とお時は、大きく切った大根とともに鶏を丸ごとやわらかくなるまで煮て、その肉を細かにちぎり、薄い味噌味に仕立てた汁に戻し入れた椀を運んできた。吸い口の葱《ねぎ》がさわやかである。

「おお、南蛮料理じゃな」

城右衛門が早速に椀を手に取る。春とはいえ、日が落ちてから二時あまりも立ちつくして冷えた身体に、汁の温かさがありがたい。

前奉行が好んだ、薄く切ってわさび酢で和《あ》えた生の鶏の胸肉を、灘の酒の肴《さかな》に城右衛門がしきりに箸を延ばす。お時が上の空なので、お兼が打ったといううどんが、胡《ご》麻《ま》だれとともに供された。

花世がほとんど箸をつけないゆえか、汁を替えたのは城右衛門だけで、門之助も市十郎も、あまり進まない。

「腹が減っては戦さはできぬと申したであろうが。今日のことは今日で終わらせるのが、あすの戦さに勝つ最上の兵法じゃ。それにはまず腹一杯食わねばならぬ」

さようでございます、なにがあっても御膳はいただかねばなりません、とお時がいつもの通りのことを言ったので、花世もやっと頰をゆるめ、なんとか夜食を終えた。

五郎三郎が運んできた蘭茶の茶碗を前に、四人は重苦しく座した。

「鍋島屋敷の辻のほか、御門外には神逢太刀の出る辻はなかろうというのが、この姫が今朝から江戸図と首っ引きして推し量ったところだ。すれば神逢太刀は、ここで次の手立てに移らぬとは言えぬ」

山崎市十郎が、遠慮がちに口を開いた。

「わたくしは、昨夜遅くにお使いをいただいてはじめてこの席に加わらせていただきましたゆえ、わからぬことが多うございます。お教えいただいてもようございますか」

「いかな頑固な姫も、ここまできたらすべてを明かしておぬしらの力を借りねばならぬと観念しておる。なんでも聞け」

城右衛門が答える。

「大名の江戸屋敷には、手狭となって藩主が在住せぬ上屋敷があると心得おります。中には辻に面している屋敷もございましょうが、神逢太刀はそれらを狙わずに次の手立てに移るのでございましょうか」

「たしかに市十郎どのの言われる通りですが、そのようなお屋敷は、多く御門内なのではありませぬか」

花世の答えに、なるほどとうなずいた。

江戸城を囲む堀の内側のほとんどは、大名旗本の屋敷が占めている。堀に懸かる橋にはいかめしい櫓のある門が構えられ、升形《ますがた》の空地をおき、城の見付となっている。升形には大名旗本が交代で御番に出て、昼夜きびしく守っている。

御門の多くは、暮れ六つに大扉を閉じ、町人は入れなくなる。賭博に負けた渡り中間を夜中に呼び出すことなど、とうていできなかろう。

「今宵われらが出会ったとて、あすにも江戸中に神逢太刀の意図が知れ渡るとは思っていないでしょうし、次の手立てに移るには、いましばらくの時が要ると思います」

花世の言葉に、門之助が、なれば少しは時が稼げます、とほっとしたように言う。

「ですが、これから先も、西国大名屋敷の辻を的とするかどうかはわかりませぬ」

「と、おっしゃいますと……」

「われらが辻の謎を解いたことを神逢太刀が知ったからには、いままでの推測は役に立ちません」

花世の言葉に、一座はいっそう重苦しく押し黙った。

「公《おおや》けにして警固すれば次の手立てに移る。せねばさらにいずこかの辻を選んで、その意味を世間が知るまで殺しを続ける。まさしく雪隠詰《せっちんづめ》じゃ。うかつには動けぬ」

城右衛門が、苦い顔で言う。

その言葉で、花世が、ふと思いついたように口を開いた。

「雪隠詰のように四方を敵に囲まれたならば、捨て身で一方を切り開くほかはない、もっとも弱いあたりから切り抜けるのが定法ながら、弱いところに突っ込めば腕の立つものを背後にまわすことになるとお教えくださいました」

城右衛門が、うむ、と顎を引く。

「捨身《しゃしん》というは、文字通り命を捨てることじゃ。かなわぬと思う相手に向かってこそ、非常なる力が発揮できる」

「なればお師匠さま、これから先は、かなわぬほどの強い相手に向かってみるのはいかがでしょう」

「なんだと」

男たち三人が、一様に花世を見た。

「西国大名の辻には何度か対峙いたし、手口は明らかになりました。いまさら捨身で向き合う要はございませぬ。新たな強い相手を見出せばよろしいかと思います」

男たちがみな、解しかねて答えずにいると、

「美濃岩村、尾張犬山両藩の御領主お屋敷周辺を、明日の夜からそれとなしに御警固くださるよう、お奉行さまにお願い申し上げてくださいませんか」

花世が門之助に求めた。

「美濃岩村、尾張犬山、でございますか……」

門之助ばかりでなく、城右衛門も市十郎も、啞然とした。

「岩村藩主丹羽さまお屋敷は筋違《すじかい》橋、犬山藩主成瀬さまは四谷御門と承知いたしております。ともにお屋敷は御門内、ことに成瀬さまは、石高よりはるかに格の高い尾張藩付け家老というお家です。これすなわち強敵ではございますまいか」

だがあまりにも唐突な花世の頼みに、門之助も市十郎も、すぐには答えられない。

「なにゆえにその両家の辻を守るのじゃ」

城右衛門が訊く。

「わけを申し上げても、奉行所がお聞き上げくださるとは思えませぬ」

「そ、それではとうてい……」

門之助が狼狽《ろうばい》して言葉に詰まった。

花世は、二人の顔をまっすぐに見据えた。

「ですからお二人にお願い申し上げるのです。この花世一人を守るため、吉蔵までが命を貸してくれました。お奉行所のお役人が、天下万民の命を守るに、これしきのことをなすっていただけぬとは思えませぬ」

「花世さまをお守りするに、われらが命など、軽いものでございます。ですが役所というものは、すべて法と慣習によって成り立っております。われらが命を捨てても慣習は越えられませぬ」

「それでは、わたくしが命を捨てても、叶いませぬか」

「思い上がるなっ」

城右衛門の怒声に、三人ははっと畳に手をついた。

「たかが女一人の命で何十万という江戸市民の命が贖《あがな》えると思っておるのか、愚か者めがっ」

城右衛門の目は怒りに燃えている。

「思い上がった女に、無為な時を費やした。掛川へ立ち戻る」

立ち上がった城右衛門の袖を門之助がつかんだ。

「お師匠さま、なにとぞ御寛恕を——」

市十郎も、しばし、と頭を下げる。

城右衛門はこぶしを握りしめ、突っ立っている。

門之助が、花世さま、お詫びを……とささやいた。

花世が平伏したまま、

「わたくしは、どうすれば……」

「手を引け。門之助の指示に従え」

そ、それは……、と門之助が言いかけると

「おぬしまでわしに逆らうなら、嚮後《きようこう》いっさいかかわらぬ。江戸大惨事のさまを掛川で高見の見物じゃ」

花世は、仰せの通りにいたしまする、と頭を下げたまま座敷をにじり出た。

後を追おうとする門之助に、かまうな、放っておけ、お時がなんとかする、と城右衛門が言う。いたしかたなく門之助は座り直した。

夜具の支度のできた奥の居間で、お時が待っていた。

「お師匠さまに手を引けと言われた。破門になるかもしれない」

花世がしおれ返って座り込む。

「それはよろしゅうございました。まず、今夜のところは、お寝みなさいまし。あすはあすの風が吹きます。ひいさまがお眠りになるまで、お時がここでお見守りしますよ」

お時が、のんびりと言う。

花世は、いかにも疲れ果てたというように、素直に着替えはじめた。

十三

しっとりとした春風が入ってくる居間で、いつものようにお時が朝粥の給仕をしていると、襖の外で声がした。吉蔵である。

「吉蔵さんかえ、お入りなさいよ」

お時が勝手に返事をする。

ごめんなすって、と入ってきた吉蔵を見て花世が、

「おや、もう包帯をとったのかえ」と訊いた。

「五郎三郎さんが、傷のつき具合を試すため、しばらく取ると言いまして」

どれ、と箸をおいて花世が顔を近づけて、ほほえんだ。

「五郎三郎は、たしかな外科医になったよ、よい判断だ」

ありがたいことでございます、と吉蔵は頭を下げ、

「昨夜は遅くまでご談合のご様子でしたが……」

花世の顔をうかがう。

「ああ、でも、わたしははずされてしまった」

花世が軽く言う。

「前々から申しております、しばらくお休みなされませ。なに、餅は餅屋というではございませんか、町方のことは町奉行所におまかせになるのがなによりです」

「そうそう、いいことを言ってくれた、饅頭《まんじゅう》は饅頭屋、今日はお兼どんに、日本橋の塩瀬に行って饅頭を買ってきてもらいましょう、田能村さまは、甘辛どちらもお好きですからね」

お時が妙なことを思いついてうれしそうに言う。

蹄の音が聞こえてきた。

「また妻木の若殿がみえた」

案の定、頼もう、と甲高い声がする。

五郎三郎が、妻木さまの若殿が、花世さまにお目にかかりたい、と取り次いできた。

「御登城に遅れては一大事ゆえ、下城《げじょう》の際にお越しなされませと言っておくれ」

若殿は素直に聞き分けたらしく、蹄の音が遠ざかって行く。

若いというのはよいことだねえと花世が言うので、お若いひいさまがなにをおっしゃいます、とお時が笑う。

それからいつもと変わらぬおだやかな顔になって、花世は表の座敷に出ていった。

小昼をすませると、今日は早く終えた、浜松屋のご隠居を見舞いに行かなくては、と立ち上がった。

お時が、わたくしがお供いたしますと言う。どうやら、花世を見張るつもりのようである。強いて退けもせず、花世は支度をととのえた。

薬箱を持って、お時が従う。

浜松屋の隠居は、長年の持病の腰痛が花世の処方した薬湯と貼り薬ですっかり軽くなってからというもの、しばらく花世が顔を見せないと膝ばかりか腰の痛みがぶり返したと騒ぎ出すので、十日に一度は薬の替えを持って自身足を運んでいる。

呉服商いで江戸一、二といわれる浜松屋の店先は、今日もたいそうな繁盛である。嫁のお早が、昨日から機嫌がよくなかったので、とほっとした顔で二人を迎えた。貼り薬などだれが貼り替えても同じなのだが、お早だと効きが悪く、花世が貼るとすぐに効いてくるのだそうである。

備前町に戻ると、五郎三郎が、妻木さまの若殿がお待ちで、と言う。そういえば今朝、下城の折においでくださいと言わせたのを思い出した。

「お師匠さまはなにをなすっておいでだえ」

朝のうちは蔵にお籠りでしたが、早いうちにお出かけになられましたと答える。

客間で、若殿が敷居際に座していた。

「そこは端近《はしぢか》でございます、あれへ」

花世が床前を示したが、

「推参いたし、もうしわけありませぬ。若輩者《じやくはいもの》でございます、ここにてお許しを」

「お若くとも、御身分あるお客人でいらっしゃいます、どうぞあれへ」

それではと一礼して奥に進んだが、床前を避けて座る。

「長崎の話をとの仰せですが、お父上さまは、お話し下さらないのですか」

「ご用繁多と常に仰せですが、実は長崎のことなど、なにもご存じないのです。父上が長崎奉行をお勤めになられたのはわずか二年、そのうち一年は江戸勤務でした」

花世は、思わずほほえんだ。

「御役方の中でも、ことに大切な勘定頭をお勤めのお父上さまを、そのようにおっしゃられてはなりませぬ」

わかっております、とやや顔をうつむけたが、すぐに上げ、

「花世さま、長崎とは、どのようなところでございますか、わたくしはなるべく早くに長崎に出向き、阿蘭陀商館付きの医師に医学を学ぶつもりでおります。さきざきは、花世さまのように、町の人々を助ける医師になります」

「それはまた……」

花世は、口ごもった。

「あなたさまは、ご嫡男でいらっしゃいましょう。お父上さまは、若殿のお気持をご存じなのですか」

するとは若者はまたうつむいた。

「そのうちに、申し上げます」

口の中で言う。

「そうなされませ。ですが、上様お側にお仕えするというのは、たいそうなお気遣いと存じます。お勤めには、いささかの障りもあってなりませぬ。御学問、武術馬術の御鍛錬などもおありと存じます。よくよくにお暇ができました折、お遊びにお越しなされませ。ただし、当家においでのときは、お側衆におことわりなさっての上で、お願い申します」

わかりました、とほっとしたように一礼して、若殿は帰っていった。

居間に戻ろうとすると、顔半分包帯の吉蔵が廊下の際に控えていた。

「再々妻木の若殿が見えますが、なんのご用で」

固い顔で言う。

「長崎で阿蘭陀医から蘭方を学びたいので、話を聞かせてくれというお望みのようだった」

「お受けになりましたので」

「よっぽどお暇なときに、お側衆のお許しを得てお越しくださいと言っておいたよ」

それなればまあようございましょう、と言って、

「人の世とは、むずかしいものでございます。情のみで通りませぬ」ときびしい顔に

なる。

うなずいて、居間に戻るとお時が、

「妻木さまの若殿さまは、よほどにひいさまがお気に召したようですが、お屋敷では若殿さまが柳庵にお出入りなさるのをご存じなのでしょうか」

吉蔵と似たようなことを訊く。いまのところは知らないだろうと言うと、くれぐれもお気をつけなさいませ、と言ったが、それだけで、すっかり春になりましたねえ、と用意していた小袖を拡げた。地を薄紅花と裏葉柳に染め分け、全体に薄色で霞をおいた春の文様である。

「派手になってしまったねえ」

それでも懐かしげに小袖を手にふれた。

「ひいさまのお年齢《とし》でこれを派手とおっしゃっては、お召しになるご衣装がございません」

言いながら着せかけたお時が、思い出し笑いをする。花世が、なんだえと問うと、

「いいえ、田能村さまが今朝、六助を青松寺へ行かせ、お召し物をお取り寄せになられたのはよろしいのですが、お髭をすっかり剃り落とされてさっぱりしたお顔でお着替えになり、どこへやらお出かけになりました。どなたか女子衆にお会いになるのでは

と、さっき台所で小女の菊と陰口を申していたのですよ」

　梔色《くちなし》の細い帯を結びかけていた花世の手が止まった。お時が、冗談でございますよ、わざわざお袴を召して女子衆に逢いに行かれるお方もございませんでしょうに、と笑う。

「お師匠さまの春のお着替えをご用意しなければならなかったのを、こんな騒ぎに取り紛れて忘れていた。ご苦労だけれど、すぐまた浜松屋さんに行って、急ぎの注文だと言っておくれ」

　お時はちょっと疑わしそうな目付きでちらと花世の顔を見たが、ようございます、お袴や帯も吟味するよう申して参りますと言って下がっていった。

　花世は、また書物を手にした。

　八つすぎ、おるか、と声をかけて城右衛門が入ってきた。

　なるほど羽織袴である。髪結いを呼ばせたのか、あのむしゃむしゃとした顎髭を剃り落とし、総髪も櫛目が通ってすっきりと束ねられている。

「お召替のご用意をいたしませんで、心つかぬことでございました。申しわけございません」

　頭を下げる花世に、城右衛門は、なんのと手を振った。

「今年は伯耆守《ほうきのかみ》さまは参勤じゃ、ご挨拶に参上するつもりであったから、あらかじめ一式は用意してある。今朝ほど、数寄屋橋のお屋敷に参上し、お目通りしてきた」

「伯耆守さまといわれますと……」

「掛川の殿井伊《いい》直好《なおよし》さまじゃよ。江戸参勤はたいくつでならぬゆえ、折々参って稽古をつけよと仰せじゃった」

「それは、ようございました」

「掛川は三万五千石じゃが、なにせ三十万石井伊掃部守《かもんのかみ》さまの御一族じゃによって、江戸に参られるとたいそうお顔が利く」

やっと花世の身なりに気づき、

「おお、春らしい小袖じゃ、こうしてみるとおまえさんもまさしくひいさまじゃな」

と目を細めたが、「ところで」と語調を改めた。

「本日暮れ六つより、南北両奉行所の与力同心が、各御門の警固に加わる。門之助は同心五名を率い、四谷御門の警固をおおせつかった。おまえさんが例の虫を起こしてふらふらと歩きまわると、どう勘違いされて咎められぬでもない。それならいっそ、片岡門之助配下に加えてはどうかとの、北町奉行島田出雲守の意向じゃそうな」

花世は一瞬、師の言葉の意味がわからず、ぼんやり城右衛門の顔を仰いだ。

「覚悟はどうじゃな」

城右衛門が訊いた。

やっと師の心配りを理解した花世は、

「ご配慮……」

忝《かたじけな》く、と言おうとして言葉につまり、ただ平伏した。

「なれば、七つ半に柳庵を出よ。吉蔵は供ができぬゆえ、筆頭与力神崎どのが、小者をお貸し下さるという。時刻までに柳庵の門前に来る」

それだけ言って、城右衛門は出ていった。

十四

花世は、すぐにいつもの若衆姿に着替えた。

紫の縮緬には、首筋にあたる部分に例の鉛の板がしっかりと縫いつけられている。

お時は、まだ戻ってきていない。

波の平の脇差を手に取って拝礼し、腰に差す。

土圭が、七つ半を知らせた。

玄関に出ると、吉蔵が式台下に座していた。

「恙《つつが》ないお戻りを……」

軽くうなずいて表口に立つ。小者姿の実直そうな男が膝をついている。

「神崎さまよりおあずかりいたして参りました。これを」と懐から奉行所の切手を取り出した。

懐中して先に立つ。

四谷御門へは、山王社の下から紀伊《きい》さま井伊さまのお屋敷の間を抜け、尾張さまお屋敷の前へ出るのが早い。尾張藩主はあの江戸の大火以来、市谷御門外の広大な中屋敷を住居とされ、ここ糀町《こうじ》上屋敷には、御後嗣少将さまがおられるという。

このあたり、旗本屋敷が密集して道筋が入り組んでいる。道に疎い花世一人だったら、なかなか四谷御門にたどりつけなかったろう。

御門の番士に、奉行所の切手を見せる。丁重な辞儀で潜り戸を示した。潜りは、大扉の閉まる七つ半から九つまで開けられている。暮れ六つ以降は女の通行を許さぬ御門もあり、中間一人を従えた若衆が実は女であったとなれば、医者の通行切手などでは通れまい。

四谷御門の升形のすぐ前の、糀町十丁目、尾張さまお屋敷の真向かいに、犬山藩主成瀬隼人正《はやとのしょう》屋敷がある。

禄高こそ三万石だが、藩祖正成《まさなり》公は豪気な戦国武将で、神君家康公の信任篤く、十万石以上の大大名か、御三家筆頭六十一万石尾張藩付け家老かどちらかえらべと言われ、三万石で六十万石を動かすはおもしろい、と付け家老を選んだと伝え聞く。いまも質実剛健の家風で知られている。

花世は、成瀬屋敷の長屋塀を見上げた。

大名ではあるが家老という格を守っているのか、屋敷の構えは素っ気ないほどで、威圧するような門脇の番所もない。

月はまだのぼっていないが、あたりはなんとなく薄明るい。しばらくたたずんでいると、番士が近寄ってきた。膝をついて、

「道筋にお留まりになられて、御目付衆に見咎められてはなりませぬ。番所にてお控えになりますよう」

見付御門の警固は、御門の格によって、十万石の譜代大名から三千石の旗本まで、それぞれ二家が三年交替で勤めると聞いている。四谷御門は三千石旗本の勤番とのことだが、いまここを守っているのはなんというお旗本なのか、花世はまるで知らない。

だが番士たちの態度は、四千五百石格の前長崎奉行の息女に対する辞儀であるような

気もする。

わかりましたとうなずいてから、

「その前に、成瀬さまお屋敷の周囲を一まわりしてみたいのですが」

番士はちょっと驚いたようだったが、すぐに馬を引き出した。馬廻りのものをお付けいたしますと、轡《くつわ》を取る徒士が従う。奉行所がつけた小者が馬側についた。

御門から屋敷の塀に沿って細い道を曲がる。裏手は寺である。ところが寺の脇には町屋があった。江戸図には心妙寺とあったが、町屋は書き入れてなかったのだ。

——危ういところだった……。

花世は、胸のうちでつぶやいた。

御門内にある大名屋敷だから、まわりは武家屋敷だけだと思い込んでいたが、糀町も見付に近いこの成瀬屋敷あたりには、町屋があったのだ。

これだったら、渡り中間をおびき寄せることもできよう。翌朝明け六つに御門が開くまで、隠れているところはいくらもある。

花世は、しばらく心妙寺の塀際に馬を止めたのち、ゆっくり御して、升形へ戻った。

番所の畳敷に上がり、武者窓際に座して外を見る。

あたりがすっと明るくなった。

二十三夜の月が昇る。

だく足の蹄の音が聞こえてきた。

番所の奥の間から、肩衣《かたぎぬ》を付けた侍があらわれて花世に一礼し、升形へ出て行った。

番所勤番の頭であろう。

蹄の音が止まり、人が降りる気配がする。

「御勤番、ご苦労に存じまする。北町奉行所与力片岡門之助であります。本日はお目付の巡回はございませぬ」

ご苦労に存じます、と番方が応じる。

「黒川さま事無くご到着、番所にてお控えでござる」

「ご挨拶いたしまする」

門之助が番所に入ってきた。

土間に控えていた小者が頭を下げる。軽く応じて花世に向かい、

「門之助にございます。夜中《やちゆう》、ご足労に存じます」

「ご配慮忝く存じます。さきほど御番所のお馬をお借りいたし、成瀬さまお屋敷の廻りを一巡りいたしました。念のためいま一度廻りたいと存じます。ご迷惑ながら、ご同道いただけましょうか」

門之助は、さっきの番士同様、ちょっとびっくりしたようだが、すぐに、承りました、と応じた。

「同心の方々は、これにてお待ち願います」

花世が言うと、

「奉行所の小者を口取りに伴いますが、よろしゅうございますか」

「お頼み申します」

小者が口を取り、門之助が先に立って、組屋敷の前から細い道に入り、さっきと同じように一回りして心妙寺の前にかかったとき、花世がちらと寺の木立ちを見上げて馬を止めた。

門之助も手綱をしぼって、

「藩主隼人正さまは本年は御在府、今夜は火事装束にて、表御殿にお控えの由にございます」と言う。

「身勝手をお聞き入れ下さいましたこと、改めてお礼申します」

「御礼いたすのはわたくし、いや、奉行所一統でございます」

門之助が誠心を籠めて言う。すると花世が、

「みなさまは、なぜこれほどにわたくしの身勝手をお許し下さるのですか」

思いがけぬ問いをかけた。

「身勝手ではありませぬ。わたくしどもには、黒川のお殿さまに受けました深い御恩がございます」

「父上がみなさまがたに授けた恩を、なにもせぬわたくしが承け継いでいるということでしょうか」

「武士は、祖先の功によって生かされております。なればこそ祖先を敬い、いっそうのご奉公を志すのではありませぬか」

「家を継ぐということは、そのような意味をも持っているのですね」

思いがけない問答となった。

「御恩奉公、すなわち主君より受けた恩に対し、俸禄をいただく家臣は一命をもってお応えいたすのが、この世に武士が発してこの方、一貫した信念であります。この信念なくして、武士は世に在る意味はござりませぬ」

「それなれば――」

花世は言葉を切り、じっと心妙寺の梢を見上げた。

「祖先の罪科をも、子々孫々承け継ぐのが当然ということになりましょうね」

「それは……」

門之助は口ごもったが、

「……祖先の功によって安楽に暮らすものも居れば、罪科を犯した者の子孫は生まれながらにして罪人となるとの、意味でございましょうか」と尋ねる。

花世は、うなずいて、

「祖先が犯した罪科の恨みを、私《わたくし》に子孫が報ずれば、恨みを抱く人々は絶えることなく生じ、ついには数知れぬ家々が敵《かたき》同士となりかねません。神君家康公が、復讐のための私闘を禁じ、喧嘩両成敗を天下の大法に定められたのは、そこにあると聞き及んでおりますが」

「そのように、わたしも教えられました」

「けれど、父が与えた恩によって、わたくしが門之助どのや吉蔵に守られているのであれば、わたくしは父が与えた恨みをもまた、受けてしかるべきだといえるのではないでしょうか」

門之助が愕然《がくぜん》とした。

「そ、そのようにお考えになるのはいかがかと……」

花世はしばらく黙していたが、

「もしも十字の殺しが、祖先の恩に安住して未曾有《みぞう》の繁栄を誇る江戸に、同じ祖先が与えた残忍な行為を思い起こさせるために続けられているのであるならば、いまここでその咎人を捕らえれば、同じ思いを抱く何千何百という人々が同じ罪科を受けるのではありませぬか」

今度は、門之助が黙した。花世が続ける。

「すればその子孫は、なんの咎もないのに、つらく苦しい運命《さだめ》のもとに生きねばなりません。それを恨み、また殺しが起こる……。未来永劫《えいごう》、絶えることなく繰り返される悲惨さを、わたくしどもの子孫は負うことになりましょう」

門之助は、深くうなずくだけである。

「その惨状を避けるためにいまなすべきことは、この非道を止めさせ、あえてお上がお目こぼしすることではないでしょうか」

「しかし……」と門之助が言いかけたとき、「あっ」と言う声とともに小者が、いきなり花世の乗る馬の轡をぐるりと引き回した。

馬体が、真反対に向きを変えた。

とっさに手綱にすがって辛《かろ》うじてその動きに応じ、花世は落馬を免れた。

小者は鼻を向け直した馬の口を取り、升形御門に向かって疾走した。

門之助が、何者っ、と大声を発する。

即座に成瀬屋敷の表門が開いた。

槍を構えた侍が数人、飛び出してきた。

「不審の者が心妙寺寺内に潜んでいるように思われます」

門之助が侍たちに声をかける。徒士頭と思われる侍が、

「相わかり申した。されど寺には寺社方の許しなくば踏み込めぬ。屋敷内に無体《むたい》を仕掛けて参らば容赦せぬゆえ、これにてお引き取り召され」

門之助は会釈して馬首をめぐらせた。同心たちが、ばらばらと番所から駆け出てくる。

「ご無事でしたか」

「お騒がせいたしました」

花世が馬から降り、深く腰を折った。

「子《ね》の刻には御番が交替いたします。その前にわれらは引き取ることになっております。お支度を」

門之助は花世をうながして自身の馬に乗せ、同心と小者を従えて四谷御門を離れた。

柳庵に戻ったのは、四つ半を過ぎていた。

お時と吉蔵が玄関に飛び出してきた。城右衛門の姿もある。

「ことなく、お供いたしました」

門之助が頭を下げる。

「二人とも耳はついておるようだ。なによりじゃ」

城右衛門が笑いを含んで言う。

式台前で、奉行所の小者が、花世さま、と声をかけた。懐から懐紙に包んだものを差し出す。開くと、二寸ほどの金色の棒が入っている。

「心妙寺木立ちの梢から、お召しの馬の鼻先めがけて落ちて参りました」

それでとっさに轡を引き回したのか。

門前で待っている姿を見たときから、ただの小者ではあるまいと思っていた。それにしても、月が上っていたとはいえ、高所から落ちてきた小さなものを宙でつかみながら、片手で轡を取って馬を荒らさなかったのは、並みならぬ腕である。

本日はもはや更けました、花世さまにはお疲れと存じます、なにかのことは明日、と門之助は同心と小者を引き連れて去っていった。

城右衛門も、筋違御門では、なにごとも起こらなかったとだけ言って、

「耳さえついておればあとは構わぬ、早々に寝むがよい」と客間に戻った。

着替えをすませると、お時が、蘭茶と塩瀬のお饅頭をお持ちいたします、一口召し

あがって、ゆるりとお寝みなさいませ、と言った。

十五

翌朝、明け六つ前に門之助が来た。

客間で、城右衛門に手短かに昨夜の次第を語る。花世は小者から受け取った金色の棒を二人に見せ、

「妻木の若殿の馬前に天から降ってきたという金の棒は、これと同じものではないかと思います」

「というと……」

門之助が首をかしげ、

「あの朝、妻木さまのお馬がそれたのは、昨夜成瀬さまお屋敷あたりにいた者のしわざでしたのか」と言う。

「それをわれらに知らせるため、心妙寺境内から放り投げたのでしょう。神逢太刀が狙った第一の的は妻木の若殿、次はわたしだったのだと思います」

門之助は目を剝いた。

「そ、そのような……」と言いかけたが、なにに思い当たったのか、そのまま口を閉ざした。

そこへ、お時がばたばたと廊下を駆けてきた。

「なんだえ、朝からはしたない」

花世がたしなめる。

「あ、あの、おかよちゃんが……」

花世がさっと立ち上がった。

「いえ、ひとりで玄関に入ってきまして、この文《ふみ》を……」

花世は読み下すとすぐ、城右衛門に手渡す。

「――花世さまみ心のおやさしさに……。それだけか」

「それだけで……」

花世は、大きく吐息をついた。

「十分でございます」

お時の顔が青くなった。

「ひょっとして、行き方知れずの二親《ふたおや》がおかよちゃんを遺して……」

「いえ、あの人たちは、けっして自死しない」

お時が目を剝いた。

「な、なんとおっしゃいます、それじゃ、あの子の親は、き、切支丹……」

門之助が、花世に代わって言った。

「十字の神逢太刀は、おかよの父親でございましょう」

お時は、ひえっと悲鳴を上げ、そこに崩折れた。

倒れ伏したお時を、五郎三郎が介抱して奉公人の棟に運んで行く。

花世は、城右衛門と門之助を前に、座り直した。

「これにて、ことは終わったと存じます。有り難う存じました」

深々と頭を下げる。

門之助が受けて礼を返したが、それきりだれも口を開かない。

しばらくして城右衛門が、

「たしかに終わったと言えるのであろうな」

「母親の文を、信じるほかありませぬ」

「ふむ」

三人とも、また黙した。

「花世さま、いつお気づきになられました」

ようやくに、門之助が口を開いた。

「母親の後ろ首に十字の傷痕があるのを見たときにふと妙だと思いました。そのためについ、神逢太刀などと口走ってしまったのです」

さようでしたか——と、門之助が深く顎を引いた。

「翌朝おかよが柳庵に現れず、お時の調べで住居や主の職を偽って転々としていることがわかり、その上、あの朝、吉蔵がついそこで母親に出会ったと聞いて、不審の念を持ち始めました」

「と仰ると、中川屋敷の辻の殺しの翌朝には、もうお気づきでしたか……」

花世はうなずき、居ずまいを正した。

「お師匠さまはむろんのこと、門之助どのも、あの江戸大火の年に起こった、肥前大村藩郡《こおり》村の切支丹摘発の端緒が、父黒川与兵衛正直の発した命にあることを、よくご存じと思います」

城右衛門は腕を組んで目を閉じ、門之助は身体を固くしてうつむいた。

「一村すべてが切支丹といわれた郡村は、六百人を越える人々が捕らえられ、四百十一人が処刑されました。斬り放した首と胴体は、甦《よみがえ》りをおそれ、はるか離れた場所に別々に埋められています。七十八人は牢死、二十人が永牢《ながろう》、赦免《しやめん》されたのは、わずか九十九人の、転びだけでした。郡村は、肥前、いえ、この世から、永久に消えました」

淡々と語り続ける花世に、門之助が、

「し、しかしそれは、藩主大村純長《すみなが》さまのなされたことでございます。黒川のお殿さま、いえ、長崎奉行の仕事ではありませぬ」と言葉を返す。

「大村藩主に命を発したのは、長崎奉行です」

城右衛門が口を挟んだ。

「じゃが、それから十年を越す歳月が経っておる。おかよの二親なら、ずいぶん若いだろうが」

「その後も、切支丹の禁はくり返されております。郡崩れのあと、豊後崩れ、濃尾崩れと続き、つい先年にもまた、あらたに諸国にきびしい触れが発せられました」

「しかし、昨今では、世人の口にのぼるような大きな処刑はなされてはいないではないか」

「それゆえにこそ、西国大名屋敷の辻での騒動が必要だったのでありましょう」

「ううむ」

城右衛門は唸った。

「西国の古い話ではなく、その後の諸国の崩れが因《もと》だというのか」

崩れ――。

壊滅を意味するこの言葉は、大村藩の切支丹逮捕による郡村の消滅が、郡崩れと言われるようになってから、集団的な切支丹摘発を指すようになっている。とくに西国では、郡崩れをはさんで、十数年にわたって諸国で摘発が続けられているが、豊後にその数が多いため、豊後崩れと言われている。美濃尾張でも、何千という処刑者を出したので、濃尾崩れという言葉もできた。

「なるほど、おかよの親は、美濃尾張に縁があると三田で聞いたそうじゃな」

「豊後の弾圧は近年も続いてはおりますが、豊後から江戸は、あまりに遠うございます。恨みを抱くものがあったとしても、長い道中挙句、知り人も少ない江戸で、あのようなわざを企むのは、むずかしいのではないでしょうか」

そうかもしれぬ、と城右衛門がうなずいた。

「三田の親方は、上方訛はすぐにわかるが、あれは尾張から西だろう、蔵次の言葉に訛があったかどうか覚えがないと言っていました。西国の生まれであれば、どうしても言葉に強い訛が残ります。親方が覚えていないというのは、蔵次の言葉にあまり訛がなかったからだと思いました」

「おかよの親が、切支丹の類族であるという証をお見つけになられたのですか」

門之助が訊く。

「いえ。ですから、どなたにも申しにくかったのです」

花世は答え、

「ただ、蔵次は屋根職なのに錺職と称し、親方を転々と換え、以前の住居さえも偽って、身元がわからないように細心の注意をはらっていたと知って、いっそう疑いは深まりました」

屋根職であれば身は軽い。高い塀を乗り越えて隠れることなど、雑作ない。

「思い出しました、外科医に盗っ人が入らなかったかとお聞きになりました」

「門之助どのも神逢太刀がつけた細く鋭い傷は、めすによるのではないかとあの時、ふと思われたのではありませぬか。外科医なら、どの家も用意があります。もしかすると、神逢太刀は、殺すのではなく、耳を削ぐつもりだったのではないかとも思っております」

城右衛門が深くうなずいた。

「切支丹は大方が耳を削がれ鼻を切られてのち、火あぶりや斬首になった。西国大名の辻を通行して耳を削がれたという者が増えれば、だれしも切支丹殉教を思い起こすであろう」

「それが、とっさの出会いに賭けたため、首を深く切りつけて血脈を断つことになってしまった——。吉蔵だけは、敏捷に身を低くしたのでかえって耳を半分切られ、その刃が走って頬を切ったのではありませぬか」

「神逢太刀は、柳庵を見張るため兼房町に住んだのであろうか」

城右衛門が、改めて尋ねた。花世はうなずいて、

「江戸の人々にとって切支丹といえば、美濃尾張よりも西国です。わたくしのことも、吉蔵のことも、神逢太刀は調べていたにちがいありません。ですからわたしどもが三田に出向いたとき、なにかを気づいたと感じたのではないでしょうか」

花世の言葉に、聞く側はただ沈黙するだけである。

「その上兼房町近くには、大村さま、有馬さまと、西国の藩主のお屋敷が並んでおります。郡崩れに手を下された大村さまには、稲荷の祭りにおかよとともに出かけて、屋敷内を探ったのかもしれません」

「あの夫婦は、すると、尾張犬山藩の生まれであったのでしょうか」

門之助が訊いた。

「蔵次はおそらく年少のころ、職人修業に家を出て、切支丹詮議の折生家にいなかったため、捕まるのを免れたのだと思います。女房は蔵次が生家を出てから知り合った

のでしょうから、生まれは濃尾とは限らないと思いますが――」

城右衛門が、ため息をついた。

「気づけば、親兄弟が耳をそがれ、試し斬りの料にされていた……。そのような時、侍であれば、当然刀にかけるであろう。職人の身をもって、よくぞここまで――」

「田能村さま、それは……」

門之助があわててさえぎった。

「ほい、これはいかぬ。つい、入れ込んだ。だれぞのことは言えぬ」

城右衛門が口を押さえてみせる。

「人の世はむずかしい、情のみではわたれぬ――。吉蔵の口癖でございます」

「情なくては、生きられぬ、という意味であろうが」

城右衛門が、即座に打ち返した。

一座に、またしばらく沈黙が続いた。

「ひいさま……」

廊下で、お時の声がした。

「もう大丈夫かえ」

「お恥ずかしいことでございました」

いつもの威勢はどこへやら、消え入りそうな声である。

「お時どんも、このはねっかえりのおかげで、このところたいていでない気を揉んでいたからな、今日は休め、なに、飯はお兼と六助でなんとかなろう」

「いえいえとんでもない、ひいさまがお働きなのに、休んでなどおられません。ご無礼をいたしました」

日ごろの声音《こわね》になったお時がさがっていくと、門之助も、これより出仕いたさねばなりませぬと、座敷を出た。

花世は改めていま一度、城右衛門の前に手をつかえ、深々と礼をした。

「ご配慮、忝く……」

「やれやれ、おかよがやってきて、やっと仕舞ったか」

さすがの城右衛門も、ほっとした声音になる。

「ことの始まりも、おかよがかつぎ込まれたところからであったな。が、なぜ妻木の馬に掛けられなどしたのじゃ」

「蔵次が屋根から放り投げた金の棒を、あとで拾ってくるように言われていたのではありますまいか」

「ふむ。で、母親は虎の御門あたりで人の陰に隠れて見ていたのだな」

「そのように思います」

「女房は、前長崎奉行の子息の不鍛練を衆前にさらして父勘定頭の面目を失わせるよう企み、同じく前長崎奉行の息女柳庵に大きな失策が起こるような診療を依頼して、信用を失墜させる。亭主は西国大名の屋敷の辻で次々に事を起こし、流言飛語によって世人の耳目を切支丹の崩れへ向けさせる――これが、夫婦の復讐の目録だったのだな」

「おそらくは……」

「思いがけなく子が気を失って柳庵にかつぎこまれ、母親がおまえさんの人扱いを目の当りにしたことから、亭主を説き伏せ、柳庵への仇《あだ》をやめさせたのであろうな」

花世は、ただ頭を下げた。

「だが、自ら囮になった吉蔵が傷ついた――」

うなだれたまま、花世はわずかにうなずいた。

「おかよは、あずかるのかの」

城右衛門が語調を変えた。花世は、救われたようにうなずいた。

「そのつもりで、おいていったのだと思いますゆえ」

「そうかもしれぬ」

「親の手を放れて生きるように、育てられていると思います」

「ま、いずれは柳庵の手伝いができるように仕込んでやるといい」

「はい」

花世は、やっとほほえんだ。

十六

昼の給仕は、いつものようにお時がつとめた。

お師匠さまは、どうなさっておいでだえ、と花世が尋ねる。相変わらずお江戸見物とおっしゃって、今日もお袴を召してお出かけですよ、と答える。

「きっと、掛川の井伊さまお屋敷のお女中衆に会いに行かれたのだよ」と花世は笑い、「で、おかよ坊はおとなしくしているかえ」と訊く。

「いえいえ、どうしておとなしくなど、菊一人ではどうにもならず、お兼どんも六助も、振りまわされております」

子どもはいいねえ、と花世は言ったが、

「けれど、表方に来させてはならないよ。してよいことと悪いことの別は、いまからきっちりと教えておかねばならない。それと、吉蔵が動けるようになるまで、けっして一人で外へ出してはいけない」

お時は、承知いたしましたと答えてから、給仕の盆を差し出した。

「いつも昼に替えなどしないではないか」

花世が不審そうにお時を見る。

「いえ、今日は、なんとしても二膳、召し上がっていただきます」

「おまえには、勝てたことはないよ」

花世は笑って飯椀を手渡した。

茶を持って入ってきた五郎三郎が、花世がまだ食事をしているので、びっくりする。

「きょうは、伺うところはないかえ」

五郎三郎に尋ねた。ございません、ですが、川内さまのご隠居さまのお見舞いが
――、と答えると、

「今日はわたしが出かけよう、お時、供しておくれ」

「いたしますが……」

「おまえにも、この中あれこれずいぶん気を遣わせたから、ご隠居さまの見舞いついでにお江戸見物はどうだろうと思ってね」

「川内さまお下屋敷は、お大名方のお蔵屋敷のお近くとか、それでは久方振りに海を見せていただきます」

長崎では、海は奉行所からも別宅からも見えていた。お江戸は海が遠いと、いつもお時は言っていたのだ。

花世はめずらしく、久保町の乗物屋に柳庵といって、医者駕籠を言いつけておくれと、五郎三郎に言った。

お時が、かいがいしく駕籠脇につく。

西本願寺さまをお参りするからと、川内さまお屋敷の横を素通りし、寺の前で駕籠を捨てる。

目の前に、江戸の浦が拡がっている。

「潮の香が、いたしますね」

本堂への道を歩きながら、お時が大きく息を吸った。

お参りをすませ、魚棚《うおだな》ばかりが並んでいる小田原町を通る。海の香と魚の匂いに満ちている。その先、漁師の小舟がぎっしりともやっている川口町が、江戸の町の東の突端である。

そんな町に場違いな姿の女主従のそぞろ歩きを、手を止めて見送るものもあるが、すぐに身体を動かし始める。御門近くの町々とはまるで違った、江戸市民の暮らしを支える誇りと活気にあふれる景である。

木挽《こびき》町に荷揚げする木材を積んだ小舟が、次々と堀を溯ってくる。越後《えちご》高田七十三万石稲葉丹後守《たんごのかみ》さま、広島備後《びんご》四十二万石松平安芸守《あきのかみ》さま、尾張宰相さま、甲府中納言さま、それぞれ町なら十町分もの広さのある、大大名や御一門のお蔵屋敷が立ち並ぶ。

春の午下がりの江戸の浦には、少し霞んだ富士のお山を背にして、諸国の回船が船べりを接し、荷の積み下ろしを待って停泊している。

「海は、ほんとうにようございます。心が、ひろびろといたします」

長崎とは、ずいぶんちがうけれど、と花世が言う。出島の湊《みなと》には、常に唐船、紅毛船、ときにはいぎりす船も碇《いかり》を下ろしていた。

「異国の船とは、形も色も、帆の巻き上げ方まで違いますですねえ」

しばらく二人とも、黙って港の景を眺めていた。

花世が、遠くの富士に目を投げかけた。

「いつかおまえは、わたしのところへ来たころの父上が、どんなことで苦しんでおいでだったか、表方のことゆえ知らないと言ったね。でも、のちには聞き知ったはずだよ」

お時は海から目を離して、わずかにうなずいた。

「長崎奉行黒川与兵衛在任中の第一の功は、郡崩れだった――」

二人の間を、海風が通り抜けた。

花世が着ている綿帽子が、風に波打つ。

「父上は、大目付井上筑後守さまに引立てられ、家禄五百石の目付としては異例の、長崎奉行に任じられた。お役料四千四百俵を加えられ、にわかに十倍の俸禄を賜ることになった」

井上筑後守は、天草島原の乱に際し、大功を立てた。その後も自身長崎を訪れ、切支丹の布教を避けて通商のみを願った阿蘭陀人に交易を認める代わり、居留地を平戸から長崎の埋め立て地出島に移す。一方、西国に七万といわれた切支丹に強い危機感を抱き、改宗した切支丹大名には、領民に対する厳しい詮議を求めた。

「父上は、たった一度だけ、言われたことがあった。わたしが江戸に入ってしばらく経ったときのことだった……」

しばらく間をおいて、

「郡崩れは、わしの本意ではなかった、とね」

お時が大きくうなずいた。

「父上が長崎に赴任されたころは、もう切支丹はおさまったと思われていたそうだ。だが、ふとしたことから、大村藩郡村が一村すべて、切支丹宗徒であるとの噂がお耳に入った……」

花世の言葉が途切れる。

お時が花世の肩に手を伸ばし、海風に乱れた綿帽子をととのえた。

「世の人は、わしが筑後守さまに恩顧を受けたゆえ切支丹を暴《あば》き、功としたと言う。が、それは違う、噂を聞かぬことにしておくこともできた、しかし、もう一度原城のごとき乱れが起こったなら、徳川の治世は危うくなる。いまの泰平は破れ、天下万民はまたも争乱の渦中に苦しむことになる、と……」

花世は、そこでまた、言葉を切った。

「しかし、城を構えて戦さを挑んだ原城とは違い、郡の村人は、静かにおのが信ずる道を守っているだけではないのか。父上は、内々に郡村を腹心の与力に調べさせ、事実だけを大村藩主に伝えさせた」

お時は、黙って聞いている。

「長崎奉行は、西国にことあるときは幕府の裁可を待たず、西国諸大名に出兵を命じる権限をもっているそうだ。江戸との往復に一月《ひとつき》もかかっては、幕命を待っている間にとりかえしのつかぬことになるからだろう。上様代官としての権力をもつ奉行の通達に、大村さまの取るべき手段は、ひとつしかなかった……」

花世は、ともすれば風に吹き散らされそうになる綿帽子を押さえながら続ける。

「父上は、奉行としてのお忙しいお勤めをなさりながら、阿蘭陀商館付きの外科医に日本の若い外科医を学ばせる仲立ちをされ、蘭方の薬の書き上げをお作りになり、さまざま、世の人に役立つことを為し遂げられた。長崎にいくつもの神社仏閣を建立し、支那寺に梵鐘を寄進されたり、寺社にかかわることには、ことのほか心を入れられたと聞いている。それでも人は、郡崩れのことのみを……」

花世は、言葉を飲み込んだ。

「郡崩れ以後、豊後一帯には次々に崩れが起こった。江戸勤務にあたっての長崎奉行第一のお役目は、西国の崩れの逐一を幕府に報ずることだったそうな」

「さようでございましたか……」

お時が、はじめて口を利いた。

「父上が江戸在任の年、西国のみならず日の本すべてに及ぶ、厳重な切支丹の禁がまたも触れ出された」

「殿さまは、その年に……」

花世がうなずく。

「――長崎奉行を罷免《ひめん》された」

「ご病気ゆえと承りましたが――」

お時が言う。

「おまえも江戸に来て、父上のお身体がご壮健で、どこもお悪くないことを知っただろう」

「はい」

「ほんとうは、諸国に対してあらためて発せられた切支丹摘発の厳命に、父上が従われなかったゆえだと、わたしは思っている」

「そ、そのような……」

お時は、花世の顔を見た。が、すぐに、深くうなずいた。

「門之助どのに教えていただいたのだが、美濃のさる領主が、領地内に切支丹がいるがわが家は家人《けにん》も少なく、捕らえることができないと尾張さまに上訴したのだそうな。それを聞かれた尾張さまが、藩士を使って二十四名を捕らえたのがきっかけで、付け家老成瀬さまの摘発が始まった……」

犬山藩主成瀬隼人正は、それから三年の間に合わせて二千人を越す切支丹を捕らえた。尾張藩主光友《みつとも》公は、処刑を二百人にとどめようとしたが、結句二千人すべての処刑が行われ、濃尾の切支丹は絶滅したという。世にいう濃尾崩れである。

花世は、頬をこわ張らせ、続けた。

「お師匠さまもおっしゃっていたが、信徒はすべて成瀬家の試し斬りの用に供されたそうな。斬罪された二千人の死骸は、家臣にも下げ渡され、死後に試し斬りの材にされたという」

お時は、言葉もなく身を固くしている。

「だが、このたびのことで、わたしは、成瀬さまがあえてご自身の手を汚して尾張藩を救い、徳川幕府を守られたのだということがやっとわかった。いかにも豪気果敢なご家風で知られた成瀬さまらしいなさりかただったと……」

お時は、深くため息をついた。

「父上は、成瀬さまとは正反対の生き方をえらばれ、おひとり、身を引かれた。だが、見せしめのための残虐な拷問を伴う処刑は、濃尾崩れ以後少なくなり、捕らえてもむしろ世の人の目から遠ざけるような方針になったのだと、門之助どのが言われた」

「さようでございましたか……」

お時がしみじみと言う。

「その代わりに、宗門改めによって、その縁者子孫は、類族としてきびしく差別される苦しみがはじまってしまったのだね」

「おかよのおとっつあんは、お上の手を逃れるために、住まいを転々としていたのでしょうか」

「宗門改めに引っかからないようにしていたのだろう。それでも万一を考えて、おかよを女房の連れ子と言っていたのだね。四親等までが類族とされる。信徒でない女の連れ子には及ばないだろうから。親方を始終替えたのも、迷惑をかけないためだったのだろう」

「そんなにもやさしい心根の人なのに、なぜかかわりないものを殺して、自分の恨みを晴らそうとしたのでしょうねえ」

「その身になってみなければわからないことが、世の中には、ずいぶんとあるのではないか」

常なら、お若いひいさまが老成したようなことを、と笑うはずのお時が、

「さようでございましょうねえ。わたくしも、なぜにこれほどまでひいさまがただおひとりで神逢太刀に向かわれようとお心を遣われたのか、いまやっとわかりました……」

涙声になる。

ふたりの間を、海風が次々と通り抜けた。

「あの、おかよの母親の傷は……」

ふと、お時が尋ねた。

「了庵さまに忍び込んで手に入れためすを、女房で試してみたのだろう」

「試し……。命がけではありませんか」

お時が驚く。

「いずれ、二人は命を捨てている。傷を深くして、このわたしの腕を試し、万一治療に失敗して命を失えば、長崎帰りの蘭方外科医は藪《やぶ》医者だと言い触らすつもりだったのではないかと思っている」

お時が、息を止めた。

「ただ、おかよだけは、なんとしても生かしておくつもりだったのだろうねえ」

お時は、袂で涙をぬぐった。

「親心というのは、そういうものなんだろうか――。親の心子知らずというが、わたしは父上のお心を、なにも知らずに育った。そして、世の人も……」

「ひいさま」

花世の言葉をお時が強くさえぎった。

「世の人々は、郡崩れは、徳川の世の安泰のためになったと信じて、時の長崎奉行黒川正直さまをいまなお崇めております。殿さまの真のお心がだれにもわからずとも、ひいさまおひとりご存じであれば、それでよろしいではございませんか」

花世は、お時を振り返り、にっこりと笑った。

お時は、花世の帽子をもう一度直した。

「さあ、柳庵は忙しくなってまいりましたよ。おかよの相手に小女を庸わねばなりません。それと、できれば式台前の取次に男衆を一人――。ひいさまには、しっかりとお働き願わねば」

「そうだねえ、おかよ坊がお菊になついているなら、お菊をおかよの守《も》りにして、新しく小女を入れようかねえ。そうなれば、給金もかさむね」

久しぶりに花世は、晴れやかな笑顔になった。お時は、ほっとしたようになんどもうなずいた。

おかよ初手柄《はつてがら》

一

五月《さつき》晴れが続いている。

木々の緑がすっかり濃くなった。江戸の町が一番美しい季節である。

朝粥《あさがゆ》の給仕をしながら、お時が、お天気はようございますが、お江戸は埃《ほこり》が立つのが難でございます、そろそろおしめりがないと、と言う。長崎は雨が多く、土埃などあまり気にならなかったというのだ。

十字の神逢太刀《かまいたち》騒ぎから、二月《ふたつき》が過ぎた。騒ぎといっても、柳庵《りゅうあん》の中だけのことで世にはまったく知られていないのだから、人の口の端に乗ることもなく、日々の暮しにはなんの変わりもない。吉蔵の怪我は、納屋仕事であやまって鎌で頬を切ったことになっている。耳は、きれいについたので、よそ目にはまったくわからない。

だが、あずけられたおかよの威勢のよさに、奉公人は振りまわされっぱなしなのだ。本人気に入りの小女《こおんな》の菊は、四六時中おかよから目が離せないので、家の仕事が滞る。お時が音を上げ、幸い近年奉公人の出替りは三月五日と定められたので出入りの動きもあり、お兼の口利きで、十三になった娘を雇い入れ、なんとかやりくりがつくようになった。

梅と呼び名をつけたその娘は、何人もの弟妹の面倒を見てきたということで、子どもの扱いには慣れていて、菊もずいぶん楽になったようだ。

ものごころついた時から大人だけに囲まれて暮らしてきた花世《はなよ》は、小さい子を身近かにみたことがない。そのためか、お客と呼んでいる患者の中でも、泣き叫ぶ幼児は苦手で、おおかたは五郎三郎が相手をする。それでもだめなときは、あやすために台所から菊を呼び寄せたりしていたのだが、おかよが来てからはだいぶ子どもに慣れてきた。

いまは日に一度は、奥の居間におかよを来させている。行儀作法を仕込むつもりなのだが、花世の前にいるときのおかよは、ひどくしおらしく、口もろくに利かないので、勝手が違って躾《しつ》けにくい。

ひいさまが煙ったいのですよ、とお時が笑う。

「この家の台所向きの行儀は、申してはなんですが町人の家とあまり変わりませんが、奥は武家でもなしといって町人でもございませんからね、子どもには作法がむずかしゅうございます」

そういえば、おかよに限らず長屋に育った子には大人と子どもの別があるだけで、序列のある世界を知らないから、菊や梅が怖がっているお時のまだ上に、花世がいるとなると、どう向き合っていいのかわからないのかもしれない。

そんなものかねえ、と花世は、半ばあきらめかけている。これでは読み書きを覚えさせるまでには、よっぽど時間と根気がいるだろう。

柳庵さまに、兼房《かねふさ》町の蔵次の娘が養われていると、出入りの商人の口から自然知れてきたので、奉公人にはお時の知恵で、掛川にいる蔵次のおっかさんが年老いて百姓ができず、とにかく夫婦して帰らねばならなくなったが、子どもに長道中はできないので、馬に掛けられ損ねたこないだの縁で、当分あずかることになったと言わせてある。

本人にもそう言ってあるので、信じ込んでいるらしい。おっかさんはいつ帰るの、と時々女たちに聞くが、なにしろ例のちかちか飴《あめ》のこんへいとうも口にできるし、遊び相手もいて、いわゆるなに不自由ない暮らしだから、けっこう機嫌よく過ごしているのだ。

もう大丈夫だろうから、お兼の手の空いているときにでも、ついて行かせて表で遊ばしておやりと花世も言って、時折は兼房町にもでかけ、以前の長屋の子どもたちとも遊んでいるようだ。

それにしても子どもっていうのは、すぐ慣れるものですねえと、お時も感心している。二親《ふたおや》はおそらくいつかは手元を放す覚悟で、突き放した暮らし方もしていたのだろう。

掛川とは、よく口から出たものです、とあとでお時が笑った。出雲《いずも》町の乾物屋に、夫婦してどこへ行ったのだと問われて、とっさに田能村《たのむら》さまのことが思い浮かびました、というのだ。

その城右衛門は、一月《ひとつき》ほど前、西の丸の桜が散り始めたころ、武者修業に出るぞ、お江戸の暮らしは安楽でいかぬ、と言って姿を消した。

花世はしばらくは寂しそうに、お師匠さまはいったいどこにおいでなのだろうねえと、日に一度は言っていたが、十日ほど前、またいつかお文《ふみ》がくるだろうよとつぶいてから、城右衛門のことは口にしなくなった。お時は、親の縁の薄い女主《あるじ》とそのあずかり子が、ともにいまある状況に早く馴染《なじ》もうとする姿に、ときどき胸ふさがる思いがするのである。

奉公人を増やしたついでに、吉蔵が養生している間、いまひとり男衆をということで、これは吉蔵自身がえらんだ男が、玄関番として式台下に控えている。自分からはほとんど口を利かないが、言われぬ先に人の気持を察して動くので、五郎三郎もお時もたいそう喜んでいる。名は、吉蔵の助っ人だからと、助蔵と呼ぶことにしている。

おかよのいた長屋には、今村と名乗る年寄りの女とその孫という十五、六の少年が入った。少年の祖父、つまり老女の夫の代から牢人なのだという。それを聞いた花世が、徳川の御代《みよ》も、そんな時代になったんだねえ、とつくづくと言った。

神君家康公が江戸に幕府を開かれてから六十年の上を越した。開幕当初からしばらくは、豊臣方ばかりでなく、譜代御一門でさえも取り潰される大名旗本が多くあったという。生まれながらの牢人の子が、元服の歳を迎えてもふしぎはない。父親は、どこかに出稼ぎに行っているが、わずかばかりでも金が送られてくるというので、大家の幸兵衛も安心して貸したのだと、お兼が聞いてきた。

今日一番のお客は、あやまって小刀で腿を深く切りつけたという少年である。刃物を扱う職人の丁稚《でっち》らしいが、例の通り花世は、店の名も聞かずにすぐに治療にかかった。

吉蔵の耳の傷を縫合したのが自信になって、手早く処置できた。切れのよい刃物の傷なので、傷口の幅も狭いし、もう血も止まっている。縫うこともないだろうと焼酎で洗い、水戸さまの処方を塗り、念のため、解熱《げねつ》鎮痛作用のあるミニヨウカス（蚯蚓《みみず》）とテレメンティレを出す。傷は良性だし、若いからじきにつきますよ、と言うと、うれしそうににっこりした。

いつも通り八つ少し前、昼の膳に向かった花世が、おかよはどうしていると訊《き》くと、今日は天気もよいので、お兼が幸兵衛長屋に連れていきました。今村のおばあちゃんがよく遊んでくれるそうで、おかよはあれで年寄りに気に入られるのですよと、お時が笑う。

茶を持ってきた五郎三郎が、本日もお出かけになるところはございませんと言ってさがって行ったすぐあとに、襖《ふすま》の外から菊が声をかけた。なんだね、またおかよ坊がなにかやらかしたのかえ、と笑いを含んでお時が聞き返す。

「はい、その、あの、おかよが、こんへいとを……」

はっきりしないねえ、襖を開けてお話し、とお時が言うと、菊が顔を見せ、「おかよが、幸兵衛長屋の今村のおばあさんにあげるから、ちかちか飴を箱から出してくれと言い出しまして……」

花世の許しを得て、お時がときおりこんへいとをおかよの掌《てのひら》に入れてやっているのだが、一つ二つ口に入れると、おっかさんが帰ってきたらあげるから、取っておいてくれと言うので、小さい箱を用意してその中に蓄《た》めてやっているそうである。

「その大事なこんへいとを、今村のおばあさんにあげるというのかえ」

「はい、おばあさんは、甘いお菓子が食べたいねえと、しょっちゅう言っているのだそうです」

「そんなら少し包んでおかよに渡して、おばあさんに持っていかせておやり」

とたんにお時がさえぎった。

「ひいさまらしくもないことをおっしゃいます。おかよは、自分にいただいたものを分けようと言っているのでございますよ、欲しがりもしないのに先んじて渡しなどしては、とんでもない子どもに育ちます」

花世は、びっくりしてお時を見返った。

「おや、ほんとにそうだった。負うた子に浅瀬を教えられるというのは、このことかねえ」

少し違うような気もするが、と言うと、お時も、下女子《しもおなご》の前で言い過ぎたと気づいたか、

「いいえ、ひいさまの日ごろのお暮らしぶりを見ておりますゆえでございましょう、習うより慣れろと申しますのは、このことでございますよ」

ちいさい子が家の中にいるっていうのは、いいものだねえと花世が言う。なにを年寄り染みたことをおっしゃいます、とお時が笑った。

菊が、あの、それでは、よろしゅうございましょうか、と遠慮がちに尋ねた。

「ああそうだった、ひいさま、おかよの気持で渡してやるのは、ようございましょうね」

「あとでこっそり箱の中身を足しておやり、それならいいだろう」

菊がさがったあと、花世が、たいへんだ、忘れていた、と言い出した。

「この間、横山さまに、また十日ほどして非番の折にでも、と言ってしまったら、今日、妻木のお中間《ちゆうげん》が、若殿は本日非番でございますと使いに来たと助蔵が言っていた。どうしようね」

「どうしようといまさらおっしゃっても、ひいさまが最初にきっぱりとおことわりにならないからでございます」

お時が手きびしいことを言う。

おかよをあずかる因《もと》となった妻木彦右衛門の嫡男《ちやくなん》から、長崎に行って医学の勉強をしたい、話を聞かせてくれと懇願された時、それなら武芸学問の修業の合間に、とつい言ってしまったのだが、ご家来衆にお断わりの上で、と言ったからか、供頭《ともがしら》を勤める傅役《もりやく》の横山甚左衛門もやってくる。

年齢《とし》は若くとも、元服してお役についている武家と二人きりで向き合うことはできないので、甚左衛門も同席させ、もう二度ほど、問われるままに長崎の文物について話したのだ。

ひいさまもつくづくお人がいいから、とあきらめたようにお時が言う。

「世の中は情だけでは渡れぬというのは、吉蔵の口癖だよ」

情けがなくては渡れぬという意味でございましょう、田能村さまがおっしゃったではございませんか、とお時が言い返したところへ、当の吉蔵が声をかけた。

「妻木の若殿とご家来衆がおみえです」

困ったねえ、と花世が首を傾ける。

「いると言ってしまったのかえ」

「助蔵は、正直なだけが取り柄の男です」

なんだかこのごろ、みなわたしに意地が悪くなったと、花世は口の中で言いながら立ち上がった。

二

長崎奉行所の規模の大きさや出島商館のようす、商館長付きの阿蘭陀《おらんだ》外科医に学ぶため諸国からやってきた日本の外科医に、免許状を渡すよう、父与兵衛がはからったことなどを花世が話すと、若殿は目を輝かせて聞き入っている。供の甚左衛門も、これまた真剣なまなざしで、折々うなずきながら懐紙に書き付けなどしている。

聞き手があまりに熱心なので、つい一時《いっとき》ほども身を入れてしまった。

——わたしは、情にもろいのだろうか。

生死の決断を迫られることもある外科医として、その資質は誉められるべきことではないかもしれない。金創《きんそう》を扱わぬから、深手を負って苦しむ重傷の怪我人の生死を一存で決しなければならない事態には遭遇していないが、痛みにのたうちまわる怪我人を眼前にして、腕を一本捨てるか、なんとかもたせる治療をなすべきかという判断をせねばならないことはあるのだ。

妻木彦右衛門は、父黒川与兵衛と二年だけ職を同じくしている。しかし、一年交替で江戸勤番があるから、長崎奉行としての実務は、わずか一年しか執っていない。与兵衛が江戸在勤中に罷免《ひめん》された翌年、彦右衛門は勘定頭に任じられ、帰府した。勘定奉行は、寺社、町奉行とともに三奉行といわれ、老中若年寄に次ぐ地位である。お役高は三千石、わずか一年の長崎勤務で、彦右衛門は家禄千石とあわせ四千石を食《は》む幕閣の一員となった。

だが嫡男は、父の生き方をなぞるつもりはないという。

——ひょっとして、傅役の甚左衛門が、若殿にとっての理想の武士像となってしまっているのかもしれない。

甚左衛門は、いつぞや陪臣《またもの》の生き方のむつかしさを述懐していた。根本、奉公とは、自らを殺して主を立てるところにある。が、その道は実にさまざまなのだろう。

花世はいまだに、吉蔵が単身西国大名屋敷の辻に出て、大きな傷を負ったことへの答えを出すことができない。

お時は、お殿さまが吉蔵さんの、いえ、その大勢の子分衆の命までもお助けになったからでございますよ、とあっさり言う。

——それは父上のなさったことだ。わたしはなにもかかわっていない。

思いがけなくとりとめもない想念にふけって時を過ごし、ふと気づくと暮れ方になっていた。

まだ明るい空に夕雲がたなびいて、いかにも爽やかな初夏の宵である。

——お師匠さまがおいでだったら、こんな日はこころゆくまで江戸見物のお供ができたのに……。

五年ぶりにともに過ごした時が、あまりにも切迫した事態に追われる日々だったことがいまさら悔やまれる。

お夜食でございます、とお時が入ってきた。日が延びたねえ、こんなに明るいと夜食を摂《と》る気分にならないね、おかよはどうした、と訊くと、今村のおばあちゃんにこんへいとを持って行ったそうです、蓄めておいたのをみんなあげるというので、菊が、少し取っておきましょうねと言って残したと言ってましたと笑う。

――二親がどんなおそろしい事をしたとしても、その娘はあんなにまっすぐに育っている。なんのかかわりもないではないか。

「蔵次さん夫婦は、ほんとにいい育て方をしたんだねえ、なんとか曲げずに大人にしたいものだ」

「はい。早くおかよが、お夜食のお相手ができるようになるとようございます」

花世の箸を持つ手がふと止った。

「そういうことも、あるのかねえ」

お時は、はっとして花世の顔を仰いだ。

この家に移ってから、ひとり生きる女主の先行きのことは、口にしないように心してきたのだ。

「いままでずうっとこうやって、ひいさまおひとりのお夜食の給仕をさせていただいておりましたが、田能村さまがご一緒なすってくださいました間が、たいそうお賑やかでございましたから……」

言ったところに、お食事中お許しを……と襖の外で菊の声がした。

急な怪我人が来ることがあるので、奥の居間にいても、案内を乞うものがあったら昼夜を問わず知らせるようにと、奉公人には言いきかせてある。

なんだえとお時が応じる。

「あの、ただいま台所口に、長崎でごひいきいただいたといって、お坊さまのような風体《ふうてい》のひとが参りましたが……」

「お坊さまがかえ」

お時が問い返した。

「なんですか、隆悦《りゅうえつ》という歌うたいとか……」

ああそれならあの隆悦さんだよ、と花世が声を弾ませた。

「まあ、ひいさま、たったいま、田能村さまがおいでのときはお賑やかでと、申したばかりでした」

台所でお茶を飲ませていておくれ、いま行くからと菊に言って、

「隆悦さんがおりますと、それはまあ賑やかでようございます、ひいさまには、なに

よりのお慰みでございますねえ」

お時は自分のほうがうれしそうである。

隆悦は、長崎の丸山の廓《くるわ》で人気のあった小歌うたいで、奉行所の若い侍が遊んだ座敷に出たのが縁になり、与兵衛も客があるときなど口をかけてひいきにしていた。

信長公の御前で歌ったことで知られていた隆達《りゅうたつ》という小歌の名人の弟子で、三味線がこんなに流行《はや》る以前の、古風な節回しで歌う。師匠隆達の没後は、代わりにと口のかかる座敷の数も増え、江戸の遊びの場では名の通った歌うたいになったところで、あの大火に遭った。

あの時は、歌舞伎役者をはじめ江戸の芸人が大勢、上方や西国に流れて行ったそうで、隆悦も京にのぼり、幸いひいき客が何人かできた。その一人の、肥前《ひぜん》平戸の商人に気に入られ、帰国するとき誘われてはるばる西国まで行くことになったという話を、花世は長崎で聞いていた。

隆悦さんがいれば、ひいさまのお歌も聞けます、お兼どんも菊も梅も、ひいさまのお歌は聞いたことがありませんから、さぞ喜びましょう、とお時は上機嫌で下がっていった。幼いころから耳の聡《さと》い花世は、隆悦が歌う歌を一度聞いただけで、たいそう上手に歌ったので、大人たちがみな驚いたものだった。

すぐまたお時が居間に戻り、早速でございますが、今夜、隆悦さんの歌をお聞きになりませんかと言う。そんならみな呼んでおやり、おかよもまだ眠くなっていないならと花世が答え、それではしばらくしたらお迎えに上がります、台所の間までお越しくださいましと言って戻ったお時がすぐに迎えに来た。

台所の板の間の下座にひかえていた僧体の男が、頭を板の間に擦りつけ、ご健勝におめでとう存じまする、変わらぬごひいき賜り、この上ない果報にござりまする、と、言ってから、頭は上げぬまま歌う。

〽君が代は、千代に八千代に、さざれ石の、巌《いわお》となりて苔《こけ》の蒸すまで、巌となりて苔の蒸すまで

宴のはじまりに歌う、隆達以来の祝言の歌である。

〽いつも見たいは、君と盃と、春の初花

女主の名の花を折り込んで、無沙汰の詫びのこころを歌う。

次いでその変わらぬ美しさを讃える気分か、

〽いつも見れども美しの振りや、面向不背《めんこうふはい》か花の盛りか

面向不背などという固いことばをまじえるのが、師匠隆達の得意だった。いつ見ても美しいあなたさまのご様子は、どの側から見ても裏のない玉か、美しい花のさかりのようだという歌意のようだ。

〽移ろいやすき人の心よ、げにも婀娜《あだ》なる花の姿ぞ

とはいえ、変わりやすいのが人の心、ほんとにまあ、なまめかしくて、すぐに変わる花のような、と美女のつれなさを恨む歌を、久しく座敷に呼ばれなかった恨みというように歌っておいて、

〽恨みも言わぬ、わけもまたおっしゃるな、我さえ心の変わらねば

我が心のように転じてみせる。女たちが喜んで、声を立てて笑っている。

隆悦はただ声が佳《よ》く歌がうまいのではない、座敷の取り持ちが軽妙で品がある、と父与兵衛もかわいがったのだ。

おかよも、大人たちの仲間に入れたのがうれしいらしく、大にこにこである。男どもには酒も出て、吉蔵もすっかりくつろいで、頬の傷についての真っ赤な嘘の武勇伝を、身振り手振りで披露している。

隆悦は、これからは江戸にずっと腰を落ち着け、以前に呼んでもらった客の座敷を勤めていくつもりだという。花世が、それならとりあえずはこの家を宿にして、と言ったが、昨今、武家は歌舞伎役者や踊り子を屋敷に呼ぶのさえ厳禁となっている。ただ法師姿の芸人は、なんとなくお目こぼしになっているようで、お役についていない大旗本など、殿さまお気に入りの琵琶法師や歌うたいを屋敷内にとどめている家もあると聞いている。

いったいが長崎では、奉行所役宅の屋敷地の隅の建物に、俳諧師、絵師、琵琶法師に歌うたいと、諸国を経めぐるさまざまな職の人間がいつも逗留していたから、花世もお時も、それが当たり前に思っていた。

柳庵は町医者だから構わないとはいえ、出が武家であることは知られているので、芸人を逗留させるのは気をつけたほうがいいかもしれない。お時が、おかよがいた幸兵衛長屋に空きがあると聞いたと言って、そんなら今宵はここに宿り、あすからはそっちにということになった。

おかよが眠くなり、花世が早めに引き上げて、あとは奉公人だけの無礼講の宴になり、ひさしぶりの和やかな夜が更けていったようである。

夜具の支度を調えにきたお時が、本夕はありがとう存じましたと礼を言って、

「隆悦さんは、どうしても今夜のうちに、上方で頼まれたものを渡さねばならないごひいきの家があるが、遅くとも四つ半までには戻ると言って、六助が木戸へ通してやって出て行きました。お客を大事にするところがあのひとの身上ですねえ」

「それでも四つ半は遅いじゃないか」

「あまり遅くなれば先さまに泊めていただくと言ってました、夜の出歩きには慣れている稼業ですから」とお時が言う。

「あすはひいさま、今宵お聞きになった小歌のなかから、ひとつでもお聞かせいただけますと、奉公人一同の楽しみでございます」と、勝手なことを言って下がっていった。

三

せっかくよい日和《ひより》続きだったのに、お時のぼやきが天に聞こえたのか、翌朝はいまにも下がりそうな空模様になった。

隆悦さんは戻ってきたかえと花世が尋ねると、お時は、そういえば帰りませんでしたねえ、遅くなったので先方で泊まったのでしょうと答え、それからいつものような時が過ぎる。

小昼《こびる》が済むと、今日は浜松屋のご隠居の薬の貼り替えでございますが、と五郎三郎が顔を出す。花世は、しばらくお顔をみていないから、わたしが行こう、と五郎三郎を供に、浜松屋に出向いた。

隠居はたいそう喜んで、番頭を呼び、時節でございますから、花世さまのお召し替えの品を勝手にえらばせていただきました、と薄物の太物《ふともの》を拡げさせた。ごく薄い水色地に香色《こういろ》の濃淡で州浜《すはま》文様を染め、州浜のところどころに露草色で細い松を描いてある。たいそう高雅でさわやかなおもむきの図柄である。

このようなぜいたくなお品、わたくしには……という花世に、隠居は、なにをおっしゃいます、こんなものでは花世さまには失礼とは存じましたが、あまりよくあがってきましたので、と言って、仕立てあがりましたらすぐお届けいたしますゆえ、たまには堺町にでもお出かけなされませ、いつでもお供申します、と上機嫌である。

堺町は、歌舞伎小屋のあるところ、江戸が復興してからというもの、上方の人気役者が次々と下《くだ》って、たいへんな繁盛だそうだと、お時が言っていたことがある。

遠慮したところで、一度言い出したのを引っ込めるわけがないから、礼を言って浜松屋を出る。

途中で花世が、

「そういえばおかよの夏着も二、三枚は用意しなければならないねえ、お時を使いにやろう」と言い出した。

五郎三郎が、それならわたしがここから戻って、と足を止めた。

「おまえも気が届かないね、たったのいまわたしに太物をご用意くださったのだ、追っかけておかよの夏着をといえば、それまでご心配くださるじゃないか」

五郎三郎が、おっしゃる通りでございました、どうもそういうところに心付きませぬ性分で、と頭を下げた。

その代わり、お客方の手当てはわたしよりも気が届くのだからまあいいよ、と笑う。

「そういえば、おかよばかりではなかった、今年は助蔵とお梅の分も、新しく注文しなければならない。奉公人の仕着せを江戸で一、二と言われる浜松屋さんに誂《あつら》えるなんて、たいへんなぜいたくらしいけれど、年に二度のことだから」

所帯じみたことを言うので、叱られた五郎三郎がつい頬を緩めた。

そうこう言っているうちに、空がだいぶあやしくなってきた。落ちてくるといけないと、早足になる。

出迎えたお時に、隆悦さんは戻ったかえと訊くと、まだですが日暮れには間がありますから、追っ付け戻りましょうと、気にも止めていない。

「ご隠居さまに夏物を頂戴して、思い出したけれど……」

花世が言いかけるとお時は、

「心得ておりますですよ。おかよと、新しく来た助蔵お梅の分を、二枚ずつ注文いたしました、一枚は衣替えに間に合ったし、着替えももう届いております」とこともなげに言う。

「わたしは、所帯の心配をしないでいいから楽だねえ」

ため息をついて花世が言ったので、お時が、

「ため息というのは、所帯の心配をするときにつくものでございますよ」と笑う。

そのうちに、とうとう降ってきた。

「七つ下がりの雨は本降りになるというから、夜にはひどくなるかもしれない、隆悦さんがその前に戻るといいのだけれど、どこに行ったのか、だれも聞いていていないのだね」

軒先の雨の糸を見ながら言う。

「芸人がほかのお客のことで出かけるというのを根問《ねど》いするのは無粋でございますから、だれも尋ねませんでしたが」

たしかに他の客の座敷のことをあれこれ聞くようでは、芸人をひいきにする資格はない。

だが夜食が済んでも、隆悦は戻らない。

雨足が、だんだんに強くなってきた。

お時もさすがに心配になったようで、奉公人たちに、隆悦さんの行き先や用向きをだれか聞いているかと尋ねてみたが、だれもが首を横に振ったという。探しに行きましょうかと助蔵が言ったが、あてもないのに出ていったら、迷子が一人増えるだけだと吉蔵が止めたそうだ。

次の朝になっても、雨は降り続いている。

「とうとう昨夜は戻ってこなかったねえ」

花世が朝粥の箸をおいて、吐息をついた。

「片岡さまにお伺いいたしましょうか、今月は、北は非番月と覚えておりますが、奉行所にはお出になっておいでtogether でしょうから」

お時が言う。だがこんどは花世が、

「いいおとなが一晩二晩戻らぬくらいでお奉行所に駆け込んだりしたら、門之助《もんのすけ》どののお立場がないよ」とたしなめたので、そうおっしゃればと、それきりになった。

この降りで、足腰の不自由な者は出歩きにくいから、午《ひる》まえのお客もあまりなく、九つ前に手が空いた。

雨の日は江戸の町筋に人通りは少ない。下駄屋と傘屋以外は、というが、下駄も傘も、降ってから買いに行く者ばかりではないから、どの商いも暇である。

花世は、久しぶりに午まえから書物を手にした。雨であたりが静かなので身が入って、一時の余も座り込む。

小昼のあとも、花世はそのまま書物に向かった。城右衛門がいなくなり、吉蔵が傷を負ってからは、花世は蔵道場に入ることがなくなって、書物に耽《ふけ》る日々が続いている。

表書院の書物が、このところでずいぶんこの奥の居間に運び込まれ、近いうちに奥を建て増さなければひいさまのお寝《やす》みになるところがないと、お時が案じている。

このごろは、阿蘭陀語で書かれた医学書を読み返すことが多い。いずれ妻木の若殿が、蘭語の手ほどきをと言ってくる気がしているのだ。だがそんなことがもし父の勘定頭に知れたら、大事な跡取りに黒川の娘が余計なことをと言うにちがいない。

暮れ六つ前が鳴る前、片岡さまがお越しになりましたとお時が知らせて来た。花世は止めたが、お時が一存で助蔵にでも耳打ちしたのだろう。

なにかお困りのことがおありとか、と門之助が言う。非番のところを大人の迷子でお騒がせするなどと申しわけないと言ったのですがと、ことの次第を簡単に話す。

「そうでしたか、隆悦が舞い戻りましたか」

長崎勤務中に奉行の座敷で、何度か隆悦の歌を聞いている門之助は、なつかしそうに言う。

「隆悦は、長崎からまっすぐ江戸へ戻ったのですか」

「いえ、ごひいきに留められて、しばらく京にいたと言っていました」

「江戸に入るとすぐにこちらに来たのでしょうか。それとも荷など、どこかにおいてから参りましたのでしょうか」

荷をおいてきたところがあれば、柳庵に宿らずそこへ戻ったはずだとは思ったが、念のためお時に訊くと、旅姿でございましたよ、ほんのわずかの荷を負って、一から始めるのだと言っておりましたと言う。

「その荷を、持って出ましたのですか」

「いいえ、とりあえず男衆の部屋においていて、そのままになっておりますが」

だからだれも、すぐに戻ると思い込んでいたのだ。

「となると、本人の意思ではなく、なにかわけがあって、戻れなくなっているのかもしれません。行き先の商売なり方角なりの見当でもつけば調べることもできますが、それもわからぬとなると文字通り雲をつかむようで、動けませせぬ。今日はもう遅うございますゆえ、明朝、出仕前に参上して、奉公人に一通り話を聞いてみることにいたしましょう」

その夜はそこまでで、門之助は帰って行った。

その翌朝、明け六つ前に柳庵に来た門之助は、お時を立ち会わせ、奉公人をひとりずつ呼んで、どんなことでもと細かに話を聞いたという。

前夜はどこ泊まりだったのかと吉蔵が聞いたところ、川崎泊まりと言ったそうで、夜出るときは手ぶらだったと、これは六助が木戸まで送ったので確かだという。提《さ》げ行灯《あんどん》をと言ったが、〽片割れ月は宵のほど、と歌にもありまする、月が入るまでには戻りますゆえと気軽に言って、持って出なかったそうだ。

「ここを出たのは、なん時《どき》だったのかえ」

「五つ半は回っていなかったと思いますよ」

お時が答える。

「五つ半に出て、四つ半までには戻ると言ったのなら、あずかり物を手渡すか言伝《ことづ》てか、そんなくらいの用事だろう。手ぶらで出たのが確かなのだから、あずかっていたのは物ではない、おおかた文《ふみ》だろう」

花世の意見に、なるほどねえとお時が感心して、

「それにしても、どっちの方に行ったのか、せめて方角だけでもわかりますればねえ」と言うと、花世が、

「方角だけなら見当が付くよ」と軽く言う。

お時の目が、大きくなった。

「前夜が川崎泊まりだったのだろう、もし行先が東海道の江戸への入り口の札の辻か

ら、この虎の御門までの間だったら、まずそこへ立ち寄ってから柳庵へ来るのが当たり前じゃないか」

「そうおっしゃればそうでございますよねえ」

「お城の向こう側は、ここからは一時では往復できない。西なら溜池《ためいけ》からせいぜい赤坂御門までだが、それだったら、川崎からまっすぐに寄っているはずだ。東なら銀座か鍛冶橋呉服橋、もう少し先でも日本橋が限度だろうね。芸人をひいきにするような大店《おおだな》なんだから、町木戸を入ってから何本も路地があるような裏町のはずはない。表通りにきまっている。月夜だから、表通りなら四つ過ぎても提げ行灯なしに歩ける」

　お時の目が、ますます大きくなった。花世は笑って、

「それくらいのことは、門之助どのだってわかっておいでのはずだよ」と言ったが、

「けれどそれだけでは、柳庵を中心に往復一時の道のりの円を描いて、その四半分というだけのことだ、もう少しなにかわかるとねえ」と嘆息した。

「今日にも、日のあるうちに戻らないようだったら、ひいさまにお立会いいただいて、隆悦さんの荷物を調べたいと片岡さまが言っておいででした」とお時が言う。

　仕方ないだろうねえと、また花世がため息をついた。

四

七つころ、門之助が来た。

もし堀に落ちておぼれでもして身元がわからないとなれば、番所に届けがあるでしょうが、いまのところそのような話は聞いておりませぬゆえ、心配はないと思います、ですがわけがあって戻れなくなったとなれば、そっちの方が面倒でございます、日が落ちるまで待って、それでも戻らねばご迷惑でも花世さまにお立会いいただき、荷を調べてみます、と言う。

暮れ六つが鳴ったが、隆悦はあらわれない。

仕方なく、吉蔵に、奉公人の部屋から荷を持ってこさせた。なるほどほんの当座の品だけのようで、首に巻きつけていたというふろしき包みと、僧体に似合う頭陀袋《ずだぶくろ》だけである。

おまえ立ち会って、終わったら奥へ知らせておくれと吉蔵に言って、花世は居間に引き取った。

待つ程もなく、終わりましたと吉蔵が知らせに来た。

「当座に入り用の身のまわりの品だけで、別段これといって手がかりになりそうなものはございませんでした。草子が一冊がありましたが、歌本でございました。師の隆達から譲られたもののようで、表紙裏にその旨《むね》の書き付けがございました。よほど大切にしているとみえ、何重にもくるんで油紙に包み、袋の底に入れてありました」

「その包みは、最近に開いたような様子がありましたか」

「いえ、だいぶ以前に封じたままと思われます」

「あずかりものが大切な書き付けか文であれば、その冊子の包みの中に紛れ込ませてきたかもしれないと思ったのですが、それほどのものでもなかったのでしょうね」

「奉公人全員から聞きあげましたが、これという話もありませんでしたし……」

門之助までがため息をつく。すると花世が、

「聞きあげていないものが一人おりますよ」と言う。

門之助が不審そうに花世の顔を仰ぐと、

「おまえ、こないだの晩、みんながどういうふうに座っていたか、思い出せるね」

花世が吉蔵を見返って訊いた。

「ひいさまの左隣がお時さん、右が五郎三郎さん、次がわっしでそれから助蔵に六助どん、お時さんの次がお菊、お梅、お兼で、ひいさまの向かいが隆悦さんでございま

す」

花世を正面に左右に四人ずつ、わずか八人の奉公人だから、思い出すのはわけもない。それでも花世は、

「一人、忘れているよ」と言う。

今度は吉蔵が首をひねった。

「おかよは、どこにいたえ」

「ああ、おかよ坊ですか」

吉蔵が笑って、

「はじめはおとなしくお梅の膝あたりにいましたが、そのうちに退屈したか、ごそごそ動き回っていましたっけ」

「その間に、隆悦さんと話をしていなかったかえ」

聞いていた門之助が膝を打った。

「たしかに一人、忘れておりました。おかよ坊が隆悦となにか話したかもしれませぬ。相手が子どもであれば、気を許して行き先を言ったかもしれません」

立ち上がりかけたのを、吉蔵が止めた。

「子どものことです、門之助さまが直接お聞きになったら脅えて答えませんでしょ

う。女どものほうが」

それなら眠くならぬうちにと、花世がお時を呼んだ。

お時は納得して、菊か梅がようございましょうと、すぐに奉公人の部屋に向かったが、じき戻ってきて、そういえば隆悦さんがおかよに耳打ちしていたのを見たとお梅が言いました、と答える。

お梅の膳には、おかよの分として皿に入れたこんへいとがおいてあったが、おかよが手をつけないので、どうして食べないのかと隆悦が訊ねていた。今村のおばあちゃんにあげるのだと言ったので、隆悦がいたく感心して、おかよの耳になにかささやいていたというのだ。

そこでおかよを呼んで、お歌のおじちゃんは、おかよ坊にどんなないしょ話をしたのかえと聞いたが、おかよはお時が苦手なので、首を左右に傾けるだけで答えようとしない。お梅が抱き寄せて、耳元でなにか言うと、おかよもお梅の耳元でなにか答えた。お梅がお時の顔を見てうなずいたので、菊におかよをあずけて引き取らせ、改めてお梅に聞いたところ、おじちゃんはこれからお菓子屋さんに行くから、おばあちゃんとおかよちゃんにお菓子をもらってきてあげるって言った、というのだ。

聞いた門之助が、がっかりして、菓子を買ってやるというのは子ども相手の世辞《せじ》の

決まり文句ではござりませぬかと言う。だが花世は、

「隆悦さんは座敷では剽軽《ひょうきん》だけれど、根は気が小さいくらいまじめなお人です。子どもは、お菓子をくれると言われたことは決して忘れないと思っているでしょう。あんな遅い時刻に出たのに、お菓子を持って来ると言ったのは、行く先が菓子処《どころ》だったからではありませんか」

なるほどと、門之助が膝を打った。

隆悦さんはどんなお菓子を持ってくると言ったのとお梅が訊いたんですが、ちゃんとした答えがなかったそうですとお時が残念がって、

「おかよの知っているお菓子といったら、こんぺいとのほかには、笹餅と饅頭《まんじゅう》、飴にねじ棒と麩《ふ》の焼きと、それから門之助さまが時折お持ち下さる槿《あさがお》せんべいですからねえ」と数え上げ、そんなものはこのあたりの町の菓子屋にはあるが、名のある菓子処ではおいていないから、行き先のあてにはまったく役に立たないと言う。

すると花世が、

「隆悦さんが使いを頼まれたのは上方なんだから、ここから半時ほどで行ける南ではない方角の、上方下りの菓子処を見つけ出すのは、造作ない、あす早々に、その店に助蔵でも行かせましょう」と言うので、それなればあす朝また参上いたしますと、門

之助は安心して帰って行った。

居間に戻った花世は、先だっての神逢太刀騒ぎに役立った江戸図に、江戸案内図鑑も取り出し、お時、おまえも手伝っておくれ、と猫脚のたーふるの上に拡げる。

お時が、ひいさま、隆悦さんは旅慣れたおひとです、そんなに入れ込まれなくとも、と例の通り先まわりして通せん棒を構えるが、花世は聞き流し、わたしもおまえもいまだに江戸の町に不案内だからねえ、と口の中で言いながら、拡げた江戸図に見入っている。

「それでもお客方の家に伺うので、だんだんわかるようになった。おまえ、その江戸案内図鑑の菓子処を読み上げておくれ」

お時も、言うだけは言ったとあきらめ顔で、本飯田町虎屋、葺屋《ふきや》町夷《えびす》屋九兵衛、京橋南四丁目法螺《ほらがい》貝屋用蔵、鍛冶橋前伏見屋、同じく虎屋権兵衛……と順次読み上げていく。

「夷屋や法螺貝屋は上方下りではないね。伏見屋は間違いなく京下りだ」

鶴屋と虎屋は、江戸のあちこちに暖簾《のれん》分けの店がある。結句絞り込まれたのは、石《こく》町三丁目と山下町、それに新《あたら》し橋南一丁目にある鶴屋、鍛冶橋前の伏見屋、日本橋北二丁目の高砂屋ということになった。

「ひいさま、なにごともいい加減にはなさらないのは結構でございますが、ことは、芸人が一晩二晩戻らないだけでございましょうに」

書き上げた紙を見ながら、お時がまた言う。

「帰らないのではなく、帰れないのだったらいけないだろう」

「まあ、それはそうでございますけれど──」

「隆悦さんが柳庵で遊んで遅くなったのに出かけたというのは、江戸についたらその日のうちに先方に届けろと言い付かっていたからかもしれないよ」

そう聞くとお時も、だんだんと乗ってきた。

「そんなら遅くなったのを、先方に咎《とが》められて……」

「咎められたくらいなら、帰らないということはないだろう」

「ということは、帰れない……」

お時の顔色が変わった。

「それではいまからこの紙を、深川のお役宅へお届けに……」

門之助ら奉行所与力の役宅は、深川にある。与力の人数が増え、空きがなくなってきたのと、奉行所に遠いので急の用に間に合いかねることがあるので、近々日本橋の奉行所近くに移ると、門之助が言っていた。

花世が、だがおとなの迷子で夜中お役宅までお騒がせするのはどうだろうねえと言うので、ともかくあす早く助蔵にでも、とお時は書き付けを持って下がった。

五

翌朝、あたりが明るむとすぐ、助蔵が奉行所に出向いたと、お時が身支度を手伝いながら言う。そんならこれから先は、お奉行所におまかせするほかはない、我慢して待つことにしようと、花世は毎日の診療にかかった。

八つ前に居間に戻ると、お時が待ちかまえていた。

「おかよが、隆悦さんがまだお菓子を持ってきてくれない、と文句を言ったので、お梅が、もうじき来てくれるよ、どんなお菓子をくれると言ったのだえと聞いたそうです」

なんだった、と花世が膝を乗り出す。

「食べたことのないお菓子、と言ったそうで、それから先は本人も聞いていなかったのではとお梅が言います」

「上方のお菓子なんだろうけれど、それだけではねえ」

花世が首をひねった。

そこへ襖の外からお菊が声をかけた。

「おかよ坊が、細長いお菓子だと言いました」

お時と花世は同時に、細長い……、とおうむ返しに言う。お時が立ち上がって襖を引き開け、

「細長いって、どんな風なんだね」と訊く。

「手をひらひらさせながら言ってましたが……」

お菊が言う。するとお時が、そうだ、と大きな声を出した。

「ひいさま、あの夜隆悦さんが、たしかに手指をひらひらさせながらおかよになにか話しかけていました。あれはお菓子のことだったんですね」

指先を細かく動かしながら言う。

「細長くて、ひらひらした、めずらしい上方の……」

花世は、しばらく考えていたが、

「もしかするとあれかもしれない……」

「あれとおっしゃいますと」

「一度だけおいでになった、左の腕に火傷《やけど》を負っておられたお客が、なんの話からか、

長崎には玉子素麵《そうめん》という菓子があるそうでございますなと言われたのを覚えている」

「玉子素麵――。そういえば、たしかに細長くてひらひらしております」

お時が急《せ》き込んで、

「そのお客が菓子処――」

「いえ、ちがう、お仕事は、たしか鉄砲師だった」

去年の秋口だったから、帳面を見ればすぐわかると花世が言うと、お時が五郎三郎を呼び寄せた。

「ございました、石町四丁目の榎並勘左衛門、鉄砲師とございます」

相変わらずひいさまの覚えのおよろしいこと――と、お時が感嘆する。すると花世が、

「今日は、石町二丁目の筆屋の安藤さまのご様子を見に行くよ、先月、雨が降ると、だいぶ痛みがくるといっておられたからね」

お時に、おまえも供しておくれ、と言う。承知いたしましたと言ったお時が、

「ひいさま、石町十間棚に、たしか鶴屋吉兵衛という菓子処がございましたね」と言う。

おまえもけっこう覚えがいいねと、花世が苦笑いする。

「いくらわたしの頭が雑にできておりましても、昨日の今日でございます、そのくらいは覚えております。ひいさま、またご自身でお調べになるおつもりですね」

「薬箱を持った五郎三郎に菓子を買いに行かせるわけにはいかないから、おまえに頼もうと思ったのだけれど、読まれてしまったね」

「いつも申し上げております、何年ひいさまのおそばにお仕えしているとお思いですか」

ほんとうだ、と花世が小さい声で言った。するとお時が、

「ですがひいさま、隆悦さんが石町の鶴屋に行ったとしまして、もしそこでなにかあったのでしたら、ひいさまがお出かけになったら先方が用心してしまうのではございませんか」

「その通りだよ、だからおまえにそれとなしに店の様子を見てもらおうと思ったのだけれど――」

「ですからここは、やはり片岡さまにおまかせになるのがようございましょう」

止めを刺され、それなら筆屋の安藤さまの見舞いも五郎三郎にまかせるよ、往復にどれほどかかるか改めてしっかりはかっておくれと言って、花世は書物を拡げた。

三、四丁めくったところに吉蔵が来た。
「たしかに承りました、奉行所にて探索いたしますゆえ、お心を安んじてお待ち下さるようとの門之助さまのご伝言を、助蔵が持ち帰りました」

花世はちょっと考えていたが、

「行き方知れずの者を探索するといって、奉行所のお役人が店に入れば、お店の暖簾に障るではないか。やはりわたしが出かけよう」

「おっしゃるとおりではございますが……」

お時も、あきらめたようである。

「けれど隆悦さんの行った先が鶴屋で、なんかわけがあってここへ戻ると言えずにいるのだったら、柳庵と思われないほうがいいだろう、小袖をみておくれ」

花世が言い出した。

するとお時が、さっきまでとは打って変わっていそいそと葛籠《つづら》を開いて、あれこれ小袖を取り出しては拡げはじめた。

いい加減にしないと、いくらこの時節でも日が暮れるよと花世が声をかけるが、いえ、ご大身《たいしん》のお旗本のひいさまが、江戸一の石町にお買い物にお出かけになるのです、それなりのお召し物でなければなりません、と手を止めない。花世の衣装箱には、五千石の長崎奉行の息女として誂えたものばかりが入っているのだ。

やっとのことで、いまもてはやされているという白練《しろねり》の地に、山吹茶や丁子色《ちょうじ》、鳶《とび》色、唐茶《からちゃ》、鴇《とき》色などで小さい宝相華唐草《ほうそうげからくさ》を肩裾に集めて染めた小袖と、裏柳《うらやなぎ》色の薄物にいくつもの燕子花《かきつばた》を大きく描いた上着とを揃えて花世の前におく。

「たいそう目立つじゃないか」

「いいえ、お旗本の姫さまがお徒歩《ひろ》いでおでましになるのでございますから、人の目には立たねばなりません。ですがこの上着は、柄は大きくとも色数を押さえてありますから、町人の着類《きるい》とは違います」

このところ始終、着類についてのお触れが出る。どういうわけか、染めならいいが、縫いは不可という触れも出た。

「大丈夫でございます、これは染めだけで、縫いは入っておりません。その上、武家方に着類のご禁制はあまりありませんからね」

早くお召し替えにならないと、日が落ちますと、主客転倒で急き立てられ、着替え終える。

「わたくしもお供にふさわしいなりにさせていただきます。それから助蔵を中間にして供いたさせます。本来なら、五郎三郎どんを若党に仕立てて荷を持たせねばなりませんが、まあ、お忍びということでようございましょう、ひいさまはその間にお身づくろいを」

花世も、自分から言い出したことなので、鏡台を開いて身づくろいする。

大身の旗本の姫君付き年寄風の衣装に着替えたお時が入ってきて、よい塩梅《あんばい》に五郎三郎どんが戻って参りました、供いたさせます、と言う。

それから花世の後ろにまわり、艶やかな長い髪を軽く梳《す》き直してから、背の中ほどで幅広の真っ白な元結《もっとい》で結んで折り返し、白い真綿を上手に扱って頭全体を形よく裹《つつ》んだ。

五郎三郎のなりは医家の若党だから、そのままの姿で行くことになる。

「石町に入ったら少し下がってお歩き、たったいま柳庵の代診で行ってきたのだから、だれが見知っているかわからないからね」

花世が念を押した。

六

父与兵衛の屋敷にいたころでさえ、買い物のために町を歩くことなどほとんどなかったから、このような姿で外出《そとで》するのはいつからのことか、思い出せないくらいである。

紫苑《しおん》色や柳色、木賊《とくさ》色など色々の大柄の燕子花文様が、さわやかな風の中を歩む細身の花世にたいそう映えて、行き交う人々が立ち止まって、綿帽子で裹んだ花世の顔をのぞき込まぬばかりに見送る。

神妙に従うお時が、鼻高々といった面持なのがおかしくて、花世はなるべく下を向いて歩いた。

石町一丁目に入ると、五郎三郎が立ち止まった。鶴屋吉兵衛は、時の鐘の手前の十間棚でございます、わたくしは鐘楼のあたりにてお待ちいたしますと言う。

石町は東照神君家康公にしたがって関東入りした大店が軒を並べる江戸の中心、この時の鐘は家康公の御下賜という。

その三丁目には、長崎出島の阿蘭陀商館長が、年に一度参府する際に宿泊する長崎屋という旅籠《はたご》屋がある。唐人も宿るので、唐人旅籠ともいわれている。

花世は、商館長付きの阿蘭陀医に面会するため、何度か訪れているが、日本人は、奉行所と商館双方の手形がなければこの旅籠には入れない。阿蘭陀人もまた、勝手に外出はできないので、よく窓から外を覗《のぞ》いている。その阿蘭陀人を見ようと、女子どもが窓の前に群がったりするのだ。

鶴屋吉兵衛は、その長崎屋のすぐ近くだった。

お時が手を打って、ここの店ならば玉子素麺を作れましょうと言う。

玉子素麺は、玉子の黄身だけをよくかき混ぜ、小さい穴を開けた殻ですくい、白砂糖を溶いて熱した中に、その穴から素麺のような細さに黄身を落として、冷ました菓子である。溶かす砂糖の濃さや温度によって、玉子の固まり方が違ってくるので、その加減がまた面倒だという。

長崎なら別にめずらしいものではないが、江戸では高価な白砂糖を惜しげなく使わねばできぬ菓子なので、作る店が限られているのももっともだ。

花世は店の前に立ち止まって、看板を仰いだ。鶴の丸の紋が描かれている。

「これでもう、店に入るまでもないね」

「いえいえ、おかよが待っております、隆悦さんを嘘つきにしてしまっては、おかよがこれからおとなの言うことを信じなくなります」

お時が大まじめに言う。花世が笑って、

「そういうおまえが、一番待っているではないか。それなら店に入って頼んでごらん」

言ったときはもう、店の中から番頭が飛び出してきた。

「どうか、店うちでお休み下さいまし」

丁重に腰を折る。

「ひいさま、いかがなさいます、少し、お休み遊ばしますか」

お時が花世を仰いだ。

花世は、お時を見返り、少しだけ顎《あご》を動かした。

「こちらで玉子素麺とやら、めずらしい菓子をお作りとのこと、ひいさまが見てみたいと仰せなので、本日はお天気もよろしいゆえ、久しぶりでお徒歩い遊ばしますかとお誘い申し上げました」

お時がすらすら述べる。

番頭は恐縮して、ぜひに店うちへとくり返す。お時が、もう一度花世の顔を仰いだ。花世はまた少し顎を動かした。それなれば、とお時が言うと、番頭が先立って店に飛び込む。

これ茶番、早う茶をお持ちせいと小僧に言いつけるやら、手代が褥《しとね》を勧めるやら、一騒ぎになった。

上がり框《がまち》に浅く腰をかけ、花世はめずらし気に店うちをみまわした。奥から目の高さに茶碗を捧げた小僧が出てくる。そのうしろから、主らしき男が膝行《しっこう》して出た。

「お女中衆をお寄越し下されば、すぐさまお屋敷に御用を伺いに参上いたしますのに、わざわざのお越し、ありがとうぞんじまする」

平伏する。

「それで、玉子素麺はございますか」

お時が聞くと、主は少し困った顔になって、

「それが、本日分は仕舞いになっておりまして……。明日早々に、お届けに上がります、お屋敷は――」と尋ねる。

お時がちらと花世の顔を見た。花世は、気づかないのか、知らぬ顔であたりをみまわしている。

「お屋敷は、和泉殿橋でございますが、いえ、その、実は……」と、お時は懐紙を取り出して頬をちょっと押さえ、「ここだけのお話でございますが、本日はご老女さまがお実家《さと》のご法事がおありで、お屋敷を外になさっておいでなので……」

「あ、それでお忍びのお徒歩いを――」

主は大きくうなずいて、承知仕りました、と胸を軽く叩き、

「明日の午までにかならずお調えいたしておきます。お供のお中間衆をお寄越し下さ

いますよう」と低頭した。

「ひいさま、ここまでお徒歩いになった甲斐がございましたねえ、さ、暮れませぬうちに、お屋敷に……」とうながす。

軽くうなずいて花世が立ち上がると、主が先立って店の外に出た。番頭に手代《てだい》、小僧がみな店の前に並んで、低く腰を折って見送る。

一丁目に戻ると、五郎三郎が鐘楼の下に立っていた。

「ひいさまのいつも通り勘のお働きになること、びっくりいたしますよ」とお時が言う。

「びっくりするのはこっちだよ、よくもあのようないい加減が言えたものだねえ。冷汗が出たよ」

花世は、ほんとうに手の甲で額を拭う。

「いい加減ばかりではございません、半分はほんとうでございましょうに」

「まあ、そういえばそうもいえるけれど、どっちにしても玉子素麺を作っていることがわかったから、隆悦さんの行く先が鶴屋だったことはまちがいない。でもいまもいるかどうか、店先に入っただけではわからなかった」

「隆悦さんが、運んだ文か言伝てのせいで、鶴屋から出してもらえなくなったわけではありませんでしょうねえ」

お時は、すっかり疑い深くなっている。

「あの店の主は、鶴屋の菓子が客に喜ばれ、顧客が増えるのがなによりうれしいといった、根からの商人だよ。それに、店うちに取り込みのあるような気配はなかった」

「それなら、帰り道に災難でも……」

花世もそれが気がかりなのだ。

「四つ過ぎれば、月も薄くなるからねえ」

鶴屋の店先での威勢のよさが消えて、曇りがちな顔で柳庵の玄関を入ると、門之助が待っていた。

「隆悦さんは、見つかりましたか」

急き込んで訊く。これこれだったがまだ手は打っていないと花世が答えると、門之助は、

「本日、当番月の南より、このほど諸国遍歴のもの、別して上方下りにはかまえて宿を貸さぬこと、ことに高野聖体《こうやひじりてい》のものは、店に上げてもならぬ、もし宿を乞うものあれば急度《きつと》届け出るべしとの触れが出された由、引継ぎを受けました」

「それはあいにくな……」

高野聖は高野山で修行した宗教者のはずだが、宿を貸せと強引に家に入り込み、あげくに娘に手を出すなどのいかがわしい似非《えせ》聖が多く、聖を泊めたら娘に気をつけろと昔から言い習わされているほどである。隆悦は法体《ほったい》だが、だれがみても本物の僧とは思えない。

「実は、上方のさる藩に不穏の動きがあるやに漏れ聞こえてきたゆえの、急の触れということでございます」

門之助は、考えながら言葉を継いだ。

「遅いからと鶴屋が隆悦さんを泊めて、翌朝お触れを知ったとすると……」

鶴屋は、女客が多い菓子処である、ひいきにしてきた芸人が久方振りで上方から下ったというのに、すぐに出ていってくれとは言えまい。隆悦の方も、柳庵に戻って花世に迷惑をかけてはならないと思ったとしたら、困《こう》じ果てるだろう。

「けれど鶴屋には、困り事があるような気配が感じられませんでした」

どんなに主人方が秘していても、奥に取り込みがあれば奉公人たちにすぐに知れ、店うちにぎごちない空気が拡がってしまうものである。

「花世さまがそのようにお感じになったのなら、まちがいないと存じます、隆悦さんは障りのないような形で、鶴屋は出たものと思われます」

それでしたら、まずは正面から鶴屋に聞き合わせるのがよいように思いますが、と花世が言って、おまかせいたしますと門之助は帰っていった。

夜食の給仕をしながら、お時が、ひいさま、どうして鶴屋の中でも石町の店にお出かけになろうと思われました、と訊く。

「玉子素麵は長崎の菓子だから、唐人旅籠の長崎屋の近くの店なら、作り方を聞き知っているかもしれないと思ったのだよ」

なるほどねえと、お時がまたまた感心した。

「玉子素麵は、白砂糖をたくさんに使うというから、江戸ではたいそう高価だろう。旗本の娘が欲しがっているとなれば、鶴屋としては、なんとしても顧客にしたかったろうね」

罪なことをしたねえ、とお時を見返る。

「それにしても、明日は午までに鶴屋さんに玉子素麵を取りに行かなくてはならないが、向こうでは帳を作るというだろう、どうしようね」

「そうでございますね、ご老女さまに内緒ゆえ、今回だけはと、銀《かね》を持たせてやらねばなりませんでしょう」

「よく役に立ってくれる老女だねえ」

花世は笑ったが、

「けれどどれほどの値なのか、吉蔵だったら飲み込んでうまくやってくれるだろうが……」

「いえ、助蔵もよく世間のことを知っております、少し多目にあずけて、向こうの言うだけの銀を渡せばよいのですから」

花世は五郎三郎を呼び、あす早々に鶴屋さんに行って、隆悦さんが立ち寄らなかったか尋ねておくれ、お時も助蔵も、旗本の奉公人になってしまったので、お前に頼むほかはないからねと言いつけた。

七

次の朝、花世が朝餉《あさげ》をすませたところへ茶を持って入ってきた五郎三郎が、鶴屋さんに行ってまいりましたと言う。隆悦は夜遅くに鶴屋にやってきたので泊まるように勧め、いつまでもいていいからと言ったのに、翌朝早くに、ほかにもあいさつしなければならない大事なお客があるといって、蒼惶《そうこう》として出ていったそうだ。もしかするとお触れを言い渡しに来た町役の話を聞いてしまったのではないかと、番頭が言ったという。

「鶴屋さんの先代が師匠の隆達のひいきだったので、当主もその後継ぎの隆悦さんをよく座敷に呼んでいたそうです。大火の後、上方に上るというので、京の本家に文を持たせてやったと言っていました」

「芸人にはめずらしいほど固いお人ですから、ひいさまにご迷惑がかかるといけないと思って、姿をくらましてしまったのでしょうかねえ」

お時が眉を曇らせる。

「置いていった荷の中には、師匠譲りの歌本がある、かならず戻ってくるよ」

でも、今日で五日目でございますから、と昨日まであまり気にも止めていなかったお時の方がやきもきしはじめた。

「隆悦さんが柳庵に来にくいわけが、もう一つある」

「おかよとの約束でございますか」

お時がすぐに応じた。花世はうなずいて、

「お触れを聞いたため、玉子素麺をいただきたいと言い出せないで鶴屋を出てしまったろうからね」

「隆悦さんなら、そんなこともありましょうねえ」

「もしも隆悦さんが長いこと戻らなくとも、言付けだと言って、玉子素麵をおかよに振る舞ってやろう。そうでないと大人の言うことを信用しなくなる。おとなの世界が面倒だということは、もう少し大きくなって自分で学ぶことだからね」

お時も、しみじみうなずいた。

いつも通り八つすぎに居間に戻ると、お時がほくほく顔で待っていた。

「ひいさま、助蔵が鶴屋さんに出かけて、玉子素麵を受け取って参りましたよ」

そうかい、早速おかよに食べさせておやりと花世が言うと、お時は急にこわい顔になった。

「ひいさまもおかよのこととなると、まるっきり親馬鹿ですね」

ひどく手きびしい。

「ひいさまが召し上がらない先に子どもが口にいたしてどうなります。ひいさまに大甘でいらしたと聞いておりますお乳母さまでも、おめずらしいものを殿さまにお目にかける前に、ひいさまに差し上げたことがおありでございますか」

わかったよ、では夜食のあとにみなで食べよう、と花世が情けなさそうに言った。わたしがもの心ついたときは乳母はもう暇を取っていて、あとはおまえなんだから、と口の中で言ったが、お時は聞こえない顔である。

小昼の茶を持ってきた五郎三郎に、花世は改めて鶴屋の様子を訊いた。

「柳庵に立ち寄るはずになっていましたが、まだまいりませんので、主が気にいたしまして、この近くにお伺いせねばならぬお家がありますゆえ、通りがかりにお尋ねするようにと申しました、と言いましたところ、たいそうびっくりしたようでございました。鶴屋がなにか知っているとか、企んだということはなさそうに思えます」

わたしもそう思うのだよ、と言って、

「だとすると、どこへ行ってしまったのだろうねえ」

掌の中で色絵の茶碗を温めるように持ったまま、しばらく考えていたが、ふと、

「おかよは、幸兵衛長屋に遊びに行っているかえ」

お時に訊いた。

「このところ雨だったのでずっと家の中で遊んでいましたが、昨日は行ったようでございますよ」

お兼に聞いてみておくれというので、立って行ったお時がすぐに戻り、

「昨日お兼が、幸兵衛長屋に連れていったそうでございます」

「今村のおばあちゃんに、こんへいとを持って行ったのかえ」

「もうじきもっとおいしいお菓子を持ってきてあげると言ったそうです、きっと隆悦

た。

お時は、さてそこまでは聞いておりません、お兼を呼んでまいりましょう、と立っ

「おかよは、今村のおばあちゃんの家に上がって話してたのだろうかね」

さんのみやげのことでしょうねえ」

お兼がお時に伴われ、おそるおそる廊下に膝をつく。おかよの守りの仕方になにかまちがいがあったかと思っているらしい。

花世がもう一度同じことを訊くと、そういえば、とお兼は小首をかしげ、いつもおかよの顔を見るとすぐに、お上がりよ、とにこにこして言う今村のおばあちゃんが、外へ出てすぐに戸口の障子を締め、路地にしゃがみ込んでおかよと話していました、と言う。

すると花世は、お時に、

「おまえ、大急ぎで吉蔵を連れて幸兵衛長屋へお行き、おまえなら木戸番に話が通じるだろう」と言った。

お時は何度も大きくうなずいて、すぐに立った。

「ああ、やっと片付いた」

花世はため息をついて、書物を手にした。

半分ほどまで読み進めたところへ、ばたばたと小走りの足音が廊下に響き、

「ひいさま、おりましたよ、おりました」

襖の外からお時が大声で言う。

「いたかえ」

花世も思わず書物を膝からすべらせて向き直った。

「申しわけないと言って、隆悦さんはまあ、土間から上がろうとしません」

「ほんとうにあの人は生真面目《きまじめ》だからねえ」

おおかたのことは聞かなくとも察しがつくよと、

「門之助どのにもすぐにお知らせしておくれ、夜食がすんだら、玉子素麵をいただきながら隆悦さんの小歌をまたみんなで楽しませてもらおう」

花世が言う。ようございますねえ、とお時は大ににこにこで台所に向かった。

その夜は門之助も来て、銘々《めいめい》皿の濃い褐色の唐津《からつ》釉《ゆう》に映える黄金色の玉子素麵を、台所の間でそろって味わった。

皿の上ではしっとりと重なっているのに、口に入れるとはらりと一本ずつに解け、玉子の味はほのかで、なんともいえぬ甘さがじんわりと拡がる。

長崎でいただきましたものよりもずっと淡いお味で、ほんとうに結構でございます、とお時がとろけそうな顔で言う。

「御酒をさして嗜《たしな》まれない黒川の殿は、この玉子素麺がたいそうお好きでいられました」

門之助のことばに、一同の箸を持つ手が止まった。

「殿さまにはお初をお供えいたしました」

お時が言う。

渡り廊下の客間に続いて仏間が設けられているが、花世は朝身仕舞をすませて拝礼するだけで、お時が一切をとりしきっているのだ。

上方下りを宿してはならぬというお触れが出たことを立ち聞いてしまった隆悦は、花世に迷惑がかかると思ったが、行くあてがなく困惑した挙句《あげく》、おかよが言っていた今村のおばあちゃんを頼ってみようと思いついたのだという。おばあちゃんと孫息子は、とこうもなく隆悦を家に入れ、折を見て柳庵に詫びに行くつもりだったと言ったそうだ。

鶴屋の本家からあずかった文とは、なんと、「隆悦が江戸に下るという、以前通り贔屓《ひいき》にしてやってくれ」というだけのものだった。

この程度ですんだからいいようなものの、民百姓を守るためのお触れのはずが、忠実に守ったがゆえに、とんでもない破目に落ち込んでしまうこともあるのだ。

隆悦は柳庵が身許請人となって、幸兵衛長屋の今村のおばあちゃんと背中合わせの長屋を借りることになった。おかよは、あす朝目が覚めたらすぐに、今村のおばあちゃんのところに玉子素麵を持って行くそうである。

今度のことは、なにからなにまでおかよのお手柄だったねえ、と花世がお時を見返って笑った。

時をも忘れさせる「楽しい」小説が読みたい！

第11回 小学館文庫小説賞 募集

【応募規定】

〈募集対象〉 ストーリー性豊かなエンターテインメント作品。プロ・アマは問いません。ジャンルは不問、自作未発表の小説（日本語で書かれたもの）に限ります。

〈原稿枚数〉 A4サイズの用紙に40字×40行（縦組み）で印字し、75枚（120,000字）から200枚（320,000字）まで。

〈原稿規格〉 必ず原稿には表紙を付け、題名、住所、氏名（筆名）、年齢、性別、職業、略歴、電話番号、メールアドレス（有れば）を明記して、右肩を紐あるいはクリップで綴じ、ページをナンバリングしてください。また表紙の次ページに800字程度の「梗概」を付けてください。なお手書き原稿の作品に関しては選考対象外となります。

〈締め切り〉 2009年9月30日（当日消印有効）

〈原稿宛先〉 〒101-8001 東京都千代田区一ツ橋2-3-1 小学館 出版局「小学館文庫小説賞」係

〈選考方法〉 小学館「文庫・文芸」編集部および編集長が選考にあたります。

〈当選発表〉 2010年5月刊の小学館文庫巻末ページで発表します。賞金は100万円（税込み）です。

〈出版権他〉 受賞作の出版権は小学館に帰属し、出版に際しては既定の印税が支払われます。また雑誌掲載権、Web上の掲載権及び二次的利用権（映像化、コミック化、ゲーム化など）も小学館に帰属します。

〈注意事項〉 二重投稿は失格とします。応募原稿の返却はいたしません。また選考に関する問い合わせには応じられません。

第1回受賞作
「感染」
仙川 環

第6回受賞作
「あなたへ」
河崎愛美

第9回受賞作
「千の花になって」
斉木香津

第9回優秀賞
「ある意味、ホームレスみたいなものですが、なにか?」
藤井建司

＊応募原稿にご記入いただいた個人情報は、「小学館文庫小説賞」の選考及び結果のご連絡の目的のみで使用し、あらかじめ本人の同意なく第三者に開示することはありません。

本書のプロフィール

本書は、小学館文庫のために書き下ろされた作品です。

本文ＤＴＰ／桑畑由紀子　校正／エヌ企画
編集／長井公彦、矢沢　寛（小学館）

シンボルマークは、中国古代・殷代の金石文字です。宝物の代わりであった貝を運ぶ職掌を表わしています。当文庫はこれを、右手に「知識」左手に「勇気」を運ぶ者として図案化しました。

「小学館文庫」の文字づかいについて

- 文字表記については、できる限り原文を尊重しました。
- 口語文については、現代仮名づかいに改めました。
- 文語文については、旧仮名づかいを用いました。
- 常用漢字表外の漢字・音訓も用い、難解な漢字には振り仮名を付けました。
- 極端な当て字、代名詞、副詞、接続詞などのうち、原文を損なうおそれが少ないものは、仮名に改めました。

蘭《らん》方《ぽう》姫《ひめ》医《い》者《しゃ》書《か》き留《と》め帳《ちょう》一　十《じゅう》字《じ》の神《か》逢《まい》太《た》刀《ち》

著者　小《お》笠《がさ》原《わら》　京《きょう》

二〇〇九年四月十二日　初版第一刷発行

編集人――稲垣伸寿
発行人――飯沼年昭
発行所――株式会社　小学館
〒一〇一－八〇〇一
東京都千代田区一ツ橋二－三－一
電話　編集〇三－三二三〇－五八一〇
　　　販売〇三－五二八一－三五五五
印刷所――凸版印刷株式会社

ISBN978-4-09-408383-5

小学館文庫